Wilhelm Schaefer

Entwicklung der Ansichten des Alterthums über Gestalt und Grösse der Erde

Antigonos

Wilhelm Schaefer

Entwicklung der Ansichten des Alterthums über Gestalt und Grösse der Erde

Unveränderter Nachdruck der Originalausgabe von 1868.

1. Auflage 2024 | ISBN: 978-3-38636-811-7

Antigonos Verlag ist ein Imprint der Outlook Verlagsgesellschaft mbH.

Verlag: Outlook Verlag GmbH, Zeilweg 44, 60439 Frankfurt, Deutschland, info@outlook-verlag.de
Vertretungsberechtigt: E. Roepke, Zeilweg 44, 60439 Frankfurt, Deutschland
Druck: Libri Plureos GmbH, Friedensallee 273, 22763 Hamburg, Deutschland

ENTWICKLUNG

DER

ANSICHTEN DES ALTERTHUMS

ÜBER

GESTALT UND GRÖSSE DER ERDE.

VON

DR. H. W. SCHAEFER,

OBERLEHRER AM GYMNASIUM ZU INSTERBURG.

SEPARATABDRUCK AUS DEM GYMNASIALPROGRAMM
1868.

LEIPZIG.
VERLAG VON B. G. TEUBNER.
1868.

Meinem Vater

Prof. Dr. J. W. Schaefer in Bremen

in Liebe und Dankbarkeit

gewidmet.

Bei den meisten Völkern des Alterthums finden wir eine jugendlich-frische Naturanschauung, eine unbefangene Hingabe an die erhabene Grösse und Schönheit des ganzen Lebens der Schöpfung. Eine warme Empfänglichkeit für die Natur, Zartheit der Empfindung, Tiefe der Beobachtung, Naturwahrheit und Farbengluth durchdringen die Poesieen der Inder und der Perser, tiefempfundene, grossartig-schöne Naturschilderungen bieten uns die altehrwürdigen Dichtungen der Hebräer, aus den Meisterwerken griechischer Poesie und Plastik leuchtet uns die lebensvollste Auffassung der Naturschönheit entgegen, und mitfühlend nimmt die ganze Natur an dem Leben der Menschenwelt Theil.

Dieser sinnigen Naturauffassung lag ein forschendes Grübeln über das Naturganze fern, und wenn auch die Schönheit und Grossartigkeit des gestirnten Himmels frühzeitig zu Beobachtungen aufforderte, so blieb man doch bei den Vorstellungen stehen, die der Augenschein lehrte, und erst als später sorgfältige Beobachtung sich mit scharfer Speculation verband, gelangte man zu richtiger Ansicht über die kosmischen Verhältnisse und zur Kenntniss des Weltkörpers, den wir bewohnen.

Unsere Absicht ist es hier, dieses allmählige Fortschreiten geographischer Erkenntniss auf einem speciellen Gebiete nachzuweisen, die historische Entwicklung der Ansichten über Gestalt und Grösse der Erde darzustellen und zunächst die wichtigsten Völker des Alterthums, besonders die Griechen, zu besprechen, um vielleicht bei einer späteren Gelegenheit diese Untersuchungen bis auf die Jetztzeit fortzuführen.

I. Die orientalischen Völker.

Wenn wir die Ansichten über die Gestalt und Grösse unserer Erde zu erkennen suchen, werden wir, bei den ältesten Kulturvölkern beginnend, zunächst nach dem Orient gewiesen, wo in Asien wie in Aegypten sich bereits in frühen Zeiten ein staatliches Leben zu einer gewissen Blüthe entwickelt hatte. Aber wir suchen dort vergebens nach sicheren Nachrichten über die geistige Entwicklung der Völker, und die Reste gewaltiger Baudenkmäler sind uns weit mehr der Ausdruck physischer Kraft und despotischer Herrschermacht, als Beweise geistigen Lebens und wissenschaftlicher Kenntnisse. Lässt sich auch den genannten Völkern, zumal einer bevorzugten Kaste derselben, ein gewisses Maass astronomischen Wissens nicht absprechen, dessen sie bedurften, um ihre Zeitrechnung zu reguliren, so waren einfache Himmelsbeobachtungen, regelmässig fortgesetzt, genügend, um die periodische Wiederkehr gewisser Erscheinungen festzustellen und daraus eine Zeiteintheilung abzuleiten; die Behauptungen aber eines hohen Alters wissenschaftlicher Astronomie bei den Orientalen — und um diese handelt es sich hier — lassen sich durchaus nicht rechtfertigen [1]) und haben meistens auch ihre Widerlegung gefunden. So hat man beispielsweise aus den Deckenbildern des Tempels zu Dendera in Aegypten, welche zwei Darstellungen des Thierkreises enthalten, auf ein vieltausendjähriges Alter jenes Baues und der astronomischen Abbildungen schliessen wollen, bis jetzt für die Erbauung jenes Tempels die Zeit der ersten römischen Kaiser nachgewiesen ist [2]); und alte Planetentafeln der Inder gehen bis mehr als 3000 Jahre vor Christus zurück, sind aber erwiesenermaassen erst gegen Ende des Mittelalters durch indische Astronomen vom Jahre 1491 nach Christus aus rückwärts berechnet worden und sollten nur der Eitelkeit dieses auf ein hohes Alterthum stolzen Volkes schmeicheln [3]). Wenn man ferner die frühe Entwicklung der Astronomie bei den Aegyptern aus ihrer bereits 1322 v. Chr. eingesetzten Jahresrechnung, bei den Babyloniern aus den von ihnen 721 und 720 v. Chr. richtig vorausbestimmten Mondfinsternissen beweisen will, so lässt sich entgegnen, dass daraus nur die frühe Existenz sorgfältiger Himmelsbeobachtungen folgt, aus denen die ersteren ihre Sothisperiode, die letzteren ihren Saros mit den regelmässig wiederkehrenden Mondfinsternissen [4]) ableiten konnten, dass aber bei ihnen statt wissenschaftlicher Sternkunde nur Sterndeuterei, zumal in Babylon, in Blüthe stand [5]). In gleicher Weise endlich scheinen in China sehr früh, angeblich schon im dritten Jahrtausend vor unserer Zeitrechnung, Himmelsbeobachtungen angestellt zu sein, für die ein eigenes Regierungscollegium zu sorgen hatte, die aber, obwohl als wichtige Staatsangelegenheit behandelt, nur vorzugsweise astrologischen Zwecken dienen sollten. Aber „kein Volk des Alterthums, ebensowenig Inder oder Chinesen wie Chaldäer oder Aegypter, gelangte vor dem griechischen Astronomen Hipparch zur Kenntniss des Vorrückens der Nachtgleichen, einer Kenntniss, ohne welche eine, wahrhaft wissenschaftliche Astronomie unmöglich ist" [6]). Wirkliche Astronomen sind also erst die Griechen.

Was sollen wir endlich noch jener zwar schon älteren aber in der letzten Hälfte des vorigen Jahrhunderts mit einem wahren Enthusiasmus wieder erfassten Annahme eines hochgebildeten Urvolkes Centralasiens gedenken, welches schon eine genaue Gradmessung zur Bestimmung der Grösse der Erde ausgeführt hätte, und jenes dort entwickelten goldenen Zeitalters der Wissenschaften, von der Letronne selbst, der früher mit zu ihren eifrigsten Vertheidigern gehörte, später sagte: „Auch ich habe fest an die Deutung der alten Fabeln durch die Astronomie geglaubt; ich habe meinerseits das Vorrücken der Nachtgleichen missbraucht; der Stier im Frühlingspunkte und der Löwe in der Sonnenwende, diese beliebten Hirn-

---

[1]) So sagt z. B. Ideler, Lehrb. der Chronologie 1831, S. 69 mit Recht von der in das Jahr 1322 v. Chr. zu setzenden Einführung des beweglichen Jahres der Aegypter, der s. g. Sothisperiode: „Wer die Spuren früher Kultur, die wir überall in Aegypten antreffen, ernsthaft betrachtet, kann es unmöglich unwahrscheinlich finden, dass die Aegypter schon 13 Jahrhunderte v. Chr. eine geordnete Zeitrechnung gehabt haben, zumal da sie ohne alle tiefere Einsicht, die wir ihnen beizulegen wenig berechtigt sind, zu derselben gelangen konnten." Vgl. auch Georg Hofmann, die Astronomie der Griechen bis auf den Dichter Euripides (Progr. des Triester Gymn. 1865) S. 2 ff.

[2]) Den Bau dieses Tempels begann die Königin Kleopatra, vermuthlich um 46 v. Chr., und Kaiser Tiberius beendete ihn zwischen 32 und 37 n. Chr.; einige Wandsculpturen fügten noch spätere Kaiser hinzu. Vgl. auch Letronne, Analyse critique des représentations zodiacales de Dendéra et d'Esné in d. Mémoires de l'Institut royale de France, Tom. XVI. 2, 1846 p. 102 sqq.

[3]) Die rückwärts berechneten Planetenstellungen stimmen, weil die der Rechnung zu Grunde gelegten astronomischen Tafeln nicht hinreichend genau waren, mit den wirklichen Himmelserscheinungen garnicht überein. Vgl. Littrow, Vorrücken der Nachtgleichen, in Gehler's Phys. Wörterb. IX. Bd. S. 2135 ff.

[4]) Ideler, a. a. O. S. 30.

[5]) Diodorus Siculus II. 29 (Tom. I. p. 169 ed. Bekker).

[6]) Martin, Examen d'un mémoire posthume de M. Letronne etc. (Extrait de la Revue archéologique, XI. année) 1854 p. 9.

gespinnste Dupuis' [1]), haben mich zu ihren wärmsten Anbetern gezählt. Ich habe an eine Urcivilisation geglaubt, die auf das Hochland Innerasiens vom Himmel herabgefallen wäre, an ein vorsündfluthliches Volk, an sein ihm angeborenes Wissen und an die grosse Erdmessung, welche es, sagte man, vor undenklicher Zeit mit einer solchen Genauigkeit ausgeführt hätte, dass wir trotz unserer Theodolite, trotz unserer Repetitionskreise und unserer sonstigen genauen Messinstrumente nicht im Stande seien, dieselbe zu übertreffen. Es bedurfte erst eines ernsten Studiums und tiefen Eindringens in die Schriften des Alterthums und die am sichersten beglaubigten Thatsachen, mit denen ich inzwischen bekannt geworden war, um mich aus diesen Täuschungen meiner Jugend herauszureissen" [2].

In der That dürfen wir also die astronomischen Leistungen der orientalischen Völker im Alterthum nicht sehr hoch anschlagen, oder es sind dieselben wenigstens nicht den Griechen bekannt geworden und ihnen von Nutzen gewesen [3]); und noch weniger wissen wir von den geographischen Kenntnissen derselben oder von ihren Ansichten über die Gestalt der Erde. Statt derselben finden wir symbolisirende Mythen, welche in poetischem Gewande uns wiederholt begegnen, ohne dass sich daraus wirkliche geographische Anschauungen mit Sicherheit gewinnen liessen. Eines der interessantesten Beispiele solcher kosmographisch-geographischen Symbolisirung ist die indische, „wonach die Lotosblume ein Sinnbild der ganzen Erde ist und die Pistille auf den Götterberg Meru, die Staubfäden auf die Bergspitzen des Himalaya, die vier Hauptblätter des Kelches auf die Kardinalpunkte des Horizonts deuten und die übrigen Blätter gleichsam die Erdgürtel darstellen, welche rund um Indien liegen" [4]). Dass die Orientalen sich die Erde als ebene Fläche dachten, ist keine Frage, vermuthlich als eine runde Scheibe, wie sie sich dem Auge darbietet. Scheibenförmig sehen wir die Erde, die „wellenumkränzte" [5]), bei den alten Indern, welche jenseits des siebenfachen Meeresgürtels, der sie umgab, den Gebirgsring einer andern Welt vermutheten [6]); und als im 6. Jahrhundert v. Chr. Buddha (wahrscheinlich 543 v. Chr. gestorben) seine neue Religionslehre aufstellte, entlehnte er die Ansichten über das Weltsystem den alten Veden, so dass auch im Buddhaismus die Erde wie die andern Weltkörper ebene Scheiben sind [7]). — In China

[1]) Dupuis, Origine de tous les cultes ou Religion universelle 1795, „worin entwickelt wird, dass die griechischen Fabeln und die alten Religionen astronomische und physikalische Allegorieen seien", und Mém. sur le zodiaque de Tentura 1806. (S. Poggendorff, Biogr.-lit. Handwörterbuch z. Gesch. der exact. Wissenschaften 1863. I., Col. 629.)

[2]) Letronne, Analyse crit. etc. (Mem. de l'Inst. XVI. 2; 1846) p. 106 sqq.

[3]) Indessen glaubt Gladisch, Die Hyperboreer und die alten Schinesen (Progr des Krotoschiner Gymn. 1866) S. 19 ff. und ausserdem in seiner Schrift „Die alten Schinesen und die Pythagoreer" nachweisen zu können, dass eine „gleichzeitige enge Verbindung des Pythagoras mit dem Apollinischen Kultus und mit den Hyperboreern", — diese sind ihm die Chinesen — stattgefunden habe.

[4]) Reinganum, Geschichte der Erd- und Länderabbildungen der Alten, 1. (und einziger) Theil, bis Herodot. 1839. S. 184. — In ähnlicher Weise ist in späteren Zeiten der Salomonische Tempel symbolisch als „Abdruck des Weltgebäudes" gedeutet worden (Reinganum, a. a. O. S. 27), oder eine mystische Auslegung glaubte in den Verhältnissen der Mosaischen Stiftshütte ein Bild der Erde erkennen zu können, wodurch man zu jener Behauptung der viereckigen Gestalt der Erde geführt wurde, die uns im Mittelalter wiederholt entgegentritt. Peschel, Geschichte der Erdkunde 1865. S. 87 ff. Vgl. unten S. 4 Not. 2.

[5]) A. W. Schlegel in der Uebersetzung aus der Ramayana, s. Sämmtl. Werke III. S. 32. v. 88.

[6]) Al. v. Humboldt, Krit. Untersuchungen üb. die hist. Entwicklung der geogr. Kenntnisse von der neuen Welt; deutsch von Ideler 1852, I. S. 111, 177 u. öfter. Eine ähnliche Ansicht sprachen im Mittelalter die Kirchenväter aus, wie z. B. Cosmas in seiner christlichen Topographie eine terra ultra Oceanum lehrte.

[7]) M. Schmidt, über die tausend Buddhas einer Weltperiode der Einwohnung u. s. w. (in d. Mémoires de l'acad. imp. des sciences de St. Pétersbourg VI. Sér., Tome II. 1834) S. 52: „Es genüge hier zu sagen, dass nach den Ansichten der Bauddhen die Erde so wenig als irgend ein anderer Weltkörper eine sphärische Gestalt hat, sondern eine grosse feststehende Fläche bildet, in deren Mittelpunkt der bekannte Weltberg Sumeru steht, um welchen herum die vier grossen und acht kleinen Welttheile nebst allen Meeren, Gewässern u. s. w. in horizontaler Flächen-

sollten, wie die Annalen des himmlischen Reiches erzählen, die viereckigen Münzen, welche der Kaiser Fu-hi im grauen Alterthume prägen liess, ein Bild der Gestalt der Erde sein, deren Länge sein Nachfolger habe messen wollen [1]). Dass aber allgemein in Mittel- und Vorderasien „das Viereck das uralte Bild der Welt" [2]) gewesen sei, wie wohl behauptet worden ist, muss durchaus bezweifelt werden.

Ueber die Erdanschauungen der alten Aegypter lässt sich ebenfalls nichts Genaueres sagen: doch ist, da sie Himmelskarten [3]) besassen, wohl auch vorauszusetzen, dass sie Länderabbildungen zu entwerfen suchten, zumal Herodot [4]) ausdrücklich ihrer als Erfinder der Feldmesskunst gedenkt. Ramses der Grosse (um 1350 v. Chr.), den die Griechen Sesostris nannten, soll seine weiten Eroberungszüge, die durch die in unseren Tagen aufgefundenen Monumente ihre volle Bestätigung erhalten, bereits kartographisch haben aufzeichnen lassen, so dass wir hier die ersten Versuche von Landkarten, vielleicht Erdansichten treffen, welche etwa in Holz oder Stein eingegraben waren. Apollonius von Rhodus [5]) nennt noch derartige Tafeln als zu seiner Zeit, im 3. Jahrh. v. Chr., in Kolchis vorhanden, welches Land man von Aegypten aus und zwar vorzugsweise durch den genannten König colonisirt glaubte [6]). — Die ältesten schriftlichen geographischen Nachrichten besitzen wir von den Hebräern, die ihre Kenntnisse [7])

ausdehnung liegen. Zu diesem Weltsystem gehören ferner Sonne und Mond nebst dem ganzen Sternenhimmel, welche sämmtlich keineswegs als Weltkörper gedacht werden, sondern als durchsichtige Wohnungen einzelner Götter; ihre Gestalt ist die einer verhältnissmässig dicken Scheibe u. s. w.

[1]) Reinganum, a. a. O. S. 65.

[2]) Zestermann, Die bildl. Darstellung des Kreuzes und der Kreuzigung Jesu Christi historisch entwickelt I. Das Kreuz vor Christus (Progr. der Thomasschule in Leipzig 1867) S. 8, indem er sich auf Rapp, Das Labarum und der Sonnenkultus (in den Jahrbüchern des Vereins v. Alterthumsfreunden im Rheinlande, Doppelheft 39 und 40, Bonn 1866) S. 148 beruft. Indessen Rapp nennt in dieser Abhandlung nirgend die Erde viereckig, er sagt nur S. 126, dass „das Viereck den Chinesen die Grundform des Universums" war und spricht wiederholt v. m „symbolischen Viereck mit dem schrägen Kreuze", ⊡, welches den Sonnenkultus versinnliche, ohne dass dieses Zeichen auf die Erde Bezug hat. Indessen lag nach Rapp (a. a. O S. 123) „die Grundidee zur Form dieses heiligen Symbols vorchristlicher Völker" — des Labarums nämlich als Symbol des Sonnenkultus — „wohl eigentlich in den vier Radien des Sonnenkreises, welche die Kunst dann auch als die vier Hauptspeichen im Rade des Sonnenwagens dargestellt und somit zuerst das Bild des Kreuzes geschaffen hat" u. s. w. Daraus entsteht also jene Figur eines Kreises mit zwei sich rechtwinklig schneidenden Durchmessern, welche übereinstimmt mit dem im Mittelalter oft gegebenen Weltbilde, ⊕, dem quadratus, quadrificus, quadrifidus orbis, (S. Du Cange u. Carpentier, Glossar. med. et infimae latinitatis dig. Henschel, Par. 1845. V. p. 554: „Quadratus orbis, in quatuor partes divisus": „Quadrificus, in quattuor partes fissus i. e. divisus"). Neben diesem quadratus orbis, also einem viergetheilten Kreise, war im Mittelalter auch der orbis triquadrus („in tres partes divisus" Du Cange s. h. v., so dass ein Halbkreis und zwei Quadranten entstehen), ⊖, und namentlich auch die viereckige Gestalt der Erde mehrfach angenommen worden, worüber ausführlich Santarem, Essai sur l'histoire de la cosmographie et de la cartographie pendant le moyen-âge 1848—52, Tom. I. p. 107, 181, 221, 244 sqq., 402. 410, sqq., III. 100, 503 und öfter, indem man nur so mit der Bibel übereinzustimmen glaubte. Dieses viereckige Weltbild gehört also erst der christlichen Zeit an, hängt mit dem Labarum gar nicht zusammen, und schwerlich möchte sich demnach beweisen lassen, dass schon im Alterthum bei asiatischen Völkern „das Viereck das uralte Bild der Welt" gewesen sei, wie Zestermann, a. a O. angiebt. Diese Form könnte wohl auch nicht orbis quadratus (Zestermann a. a. O.) heissen, sondern etwa terra quadrata, mundus quadratus, oder, wie in der von Zestermann (a. a. O. in d Note) angeführten Stelle des Hieronymus: „Ipsa species crucis, quid est nisi forma quadrata mundi?"

[3]) Reinganum a. a. O. S. 75, unter Berufung auf Biot, Recherches sur l'année vague des Egyptiens.

[4]) Herodot II. 109 und dazu Bähr in seiner Uebersetzung des Herodot 1866 S. 104 Note.

[5]) Apoll. Rhod. Argonautica IV. v. 265—281. (p. 137 ed. Merkel). Vgl. Reinganum a. a. O. S. 70—85 und hierzu einen Excurs von Ideler S. 176 ff.

[6]) Herodot II. 103—5. — Diod. Sic. I. 55. (Tom. I. p. 75. ed. Bekker). — Vgl. Sickler, Handb. der alten Geogr. 1824. S. 635 f.

[7]) Dieselben veranschaulicht u. A. eine kleine Karte in Spruner-Menke's Atlas antiquus 1865.

über die Erde wohl vorzugsweise den seefahrenden, länderkundigen Phöniziern verdankten. Ihnen steht die Erde in der Mitte des Weltalls, ohne dass über ihre Gestalt hinreichend bestimmte Ansichten ausgesprochen werden. Nach Jesaias, bei dem der „Kreis der Erde" [1]) erwähnt wird, scheint man sie als runde Scheibe angesehen zu haben, welche frei im Luftraume schwebt [2]) oder auf Wasser gegründet ist [3]), aber dabei fest und unwandelbar auf starken Grundvesten ruht [4]). Während die Wellen des Meeres sie umgeben, [5]) breitet sich über derselben das Himmelszelt gleich einem Teppiche [6]) aus oder einem ehernen Gewölbe [7]) vergleichbar.

II. Die Griechen.

1) Die mythischen Darstellungen der Dichter.

Nachdem wir im Obigen die dürftigen Nachrichten zusammengestellt haben, welche uns über die Erdansichten der in ein hohes Alter hinaufreichenden orientalischen Völker einigen Aufschluss geben, wenden wir uns nun dem jugendlich aufstrebenden Volke der Hellenen zu, welches zwar im Anfange von den erfahrenen Phöniziern in Schifffahrtskunde und Geographie mancherlei zu lernen hatte [8]), bald

---

[1]) Jesaias 40, 22: „הָאָרֶץ חוּג". Wenn auch „die Säume der Erde" und ihre „Enden" wiederholt genannt werden, so können diese Ausdrücke, wie ganz ähnlich Jerem. 49, 36 von den „vier Enden des Himmels" spricht, eben so gut von den vier Weltgegenden verstanden werden und sind kein Beweis dafür, dass man die Erde auch als viereckig angesehen habe. Vgl. hierüber besonders Herzog, Real-Encykl. f. protestant. Theologie V. S. 15 ff., wo die betreffenden Stellen der Bibel citirt sind. — Statt jener Stellen haben dagegen im Mittelalter häufiger die Worte im Evang. Matth. 24, v. 31: „Emittet angelos suos cum tuba et voce magna et congregabunt electos ejus a quattuor angulis terrae" (so bei Rhabanus Maurus, während die Vulgata ventis statt angulis hat) zur Ansicht einer forma quadrata mundi geführt; vgl. z. B. Santarem, a. a. O. I. p. 410: „Nous avons montré, que Raban-Maur, au IX⁰ siècle, pensait comme Lactance, saint Augustin et saint Jean Chrysostôme, qui trouvaient, que le système de Ptolemée était en contradiction avec quelques passages de la Bible, notamment sur la rondeur de la terre, et que d'après l'Évangile, il conviendrait mieux de donner á la terre la forme carrée. Nous avons montré que Cosmas au VI⁰ siècle, Gervais de Tilbury au XIII⁰, Nicolas d'Oresme dans le siècle suivant et Guillaume Fitlastre au XV⁰ siècle (1417) donnèrent encore au monde la forme d'un carré." — Ferner lässt sich auch nicht ohne Zwang, wie jedoch vielfach geschehen ist (z. B. von Bellermann, Bibl. Erdbeschr.), aus der Bibel, namentlich aus Hesekiel 5, 5 und 38, 12 darlegen, dass darin Palästina oder bestimmter Jerusalem als Mittelpunkt der Welt angesehen werde. Diese Ansicht gehört erst dem Mittelalter an.

[2]) Hiob 26, 7.

[3]) Psalm 24, 2; 136, 6.

[4]) Psalm 89, 12; Jes. 24, 18; Micha 6, 2 und öfter.

[5]) Psalm 104, 5—9; Hiob 38, 8—11.

[6]) Jesaias 40, 22.

[7]) „רָקִיעַ", firmamentum coeli, quod firmi hemisphaerii instar super terrarum orbe expansum sapphiri instar splendens et pellucidum (Ex. XXIV. 10; cf. Dan. XII. 3) describunt Hebraeorum poetae, cui sidera affixa sint (Gen. I. 14—17) et super quo oceanus coelestis existat apertis firmamenti cancellis pluviam demittens in terram. — LXX στερέωμα; Vulg. firmamentum" (Gesenii Thesaurus ling. Hebr. III. p. 1312.)

[8]) Dass die Griechen die uralten Erdansichten und speciellen geographischen Kenntnisse von den Phöniziern erhalten haben, sucht Sickler (a. a. O. p. IV f., XII f., XXVI f.) unter Berufung auf Borchart's Geogr. sacra (1692) und Bredow, Geogr. et Uranolog. Herodoteae specimen durch Hindeutung auf semitischen Ursprung bei den Wörtern Ὠκεανός von חוֹג („terminus, limes definitus" bei Gesenius, Thesaur. I. 514), Ὠγήν von חוּג („orbis, sphaera" bei Gesenius a. a. O. I. 450) und andern zu beweisen, Wörter die schon ein Fragment des Favorinus als nicht griechisch und den Barbaren entlehnt bezeichnet. Vgl. Humboldt, Krit. Unters. u. s. w. I. S. 49 f. und Keller, die der Hesiodischen Theogonie z. Grunde liegende Kosmogonie u. s. w. (Progr. d. höh. Bürgersch. zu Trier 1858) S. 13.

aber sie in nautischen und geographischen Kenntnissen erreichte und übertraf, vor Allem jedoch für unsern Zweck deshalb von besonderer Wichtigkeit ist, weil man hier später bestrebt war, die kosmischen Anschauungen wissenschaftlich zu begründen und weiter zu entwickeln.

Seit der Mitte des 10. Jahrh. hatte an der kleinasiatischen Küste eine Reihe ionischer Niederlassungen sich gebildet, welche ihre in Besitz genommenen Gebiete mit Glück gegen die Lyder und Karer vertheidigten und in kurzer Zeit zu blühender Macht sich entwickelten. Hier entstanden die Sängergeschlechter, unter denen vor Allen uns Homer um 850 v. Chr. entgegenleuchtet, wobei wir dahin gestellt sein lassen, ob wir einen „einigen persönlichen Homer" anzunehmen haben, oder ob „Homer kein individueller Mensch, sondern der göttliche und heroische Vater der Homeridengens" ist. Homer vereinigte die religiösen Ansichten seiner Zeit mit den Nachrichten, welche die Phönizier und seine eigenen Landsleute von ihren weiten Reisen heimbrachten, und entwirft uns demgemäss in seinen Gesängen folgendes kosmographisches Bild. „Die unermessliche Erde" [1]) ist eine kreisförmige Ebene [2]), deren äusserste Grenzen die Urwasser des Okeanos, des sanftfliessenden, tiefen [3]) Weltstromes [4]), rings bespülen. Auf einer Insel inmitten desselben [5]), nahe den äussersten Grenzen der Erde, wohnen im Westen die Kimmerier [6]) in Finsterniss und Nebel und unbeglückt von den leuchtenden Strahlen des Helios [7]), nahe dem Eingange des Todtenreichs, das sich in finsterer Tiefe unter der Erde hinzieht. Auf Säulen [8]), welche im Westen der Atlas emporhält [9]), ruht einem ehernen Gewölbe gleich der ewige [10]) Himmel

---

[1]) ἀπείρων γαῖα, Il. VII. 446; Od. XIX. 107 und öfter

[2]) Dass er eine Ebene annimmt, ergiebt sich, wenn es dazu noch eines Beweises bedarf, namentlich aus Od. V. 282 f., XII. 380 f., denn nur bei ebener Oberfläche ist ein so weites Sehen über die ganze Erde hin möglich (vgl. Friedreich, die Realien in der Ilias u. Odyss. 1856 S. 19: „Der Erdkörper"): dass aber diese Ebene kreisförmig und dass der Okeanos ringsum sie umfliesse, ist bei Homer nirgends bestimmt ausgesprochen und kann nur als wahrscheinlich richtige Vermuthung behauptet werden. Dagegen wird fälschlich in der dem Heraclides Ponticus mit Unrecht beigelegten Schrift Ἀλληγορίαι Ὁμηρικαί an mehreren Stellen (p. 457, 172, 474 ed. Gale) und von anderen Erklärern behauptet, Homer habe die Erde als Kugel geschildert, und Strabo spricht auch einmal (p. 12 Cas., p. 14 Meineke) eine gleiche Vermuthung aus.

[3]) Il. VII. 422· „Ἠέλιος ἐξ ἀκαλαρρείταο βαθυρρόου Ὠκεανοῖο οὐρανὸν εἰσανιών."

[4]) ποταμὸς Ὠκεανός, Il. XIV. 245 f.; XVIII. 607; XX. 7; Od. XI. 157, welche letztere Stelle indessen schon von den alten Kritikern als spätere Interpolation und als nicht homerisch angesehen wird. Strabo I. p. 4 sq. ed. Casaub. (p. 4 sq. ed. Meineke). Geminus, Elem. astron. c. 13. — Aus Od. XII. 105 glaubt Heller (im Philol. XV. S. 357) erweisen zu können, dass Homer die Ebbe und Flut des Weltmeeres gekannt und richtig geschildert habe. Doch möchte diese Kenntniss sich schwerlich aus jener Stelle ableiten und eher aus dem Beiworte ἀψόρροος (Il. XVIII. 399; Od. XX. 65) des Okeanos deuten lassen, wie auch in Damm's Lexicon Hom. etc. s. v. „ἀψόρροος" der gewöhnlichen Erklärung „rursus eodem fluens" hinzugefügt ist: „nisi potius fluxum et refluxum maris intelligit, die Ebbe und Flut".

[5]) Hammer, Quid Homerus de rebus infernis censuerit (Progr. des Zerbster Gymn. 1867) p. 3 sqq. und p. 8. der die obige, von der gewöhnlichen Ansicht abweichende Erklärung mit treffenden Gründen belegt. Vgl. auch Gustav Hofmann, Vorstellungen der Alten von der Unterwelt u. s. w. (Progr. des Kreuznacher Gymn. 1867) S. 4 ff.

[6]) „Die Kimmerier sind keineswegs ein Phantasiebild" erklärt S. F. W. Hoffmann in der Uebersetzung von Lelewel's Pytheas und die Geographie seiner Zeit, 1838 S. 38 Note.

[7]) Od. XI. 14 ff.

[8]) In gleicher Weise spricht die Bibel (Hiob, 26, 11) von den Säulen des Himmels (עַמּוּדֵי שָׁמַיִם).

[9]) Od. I. 52 ff. Vgl. Hesiod, Theog. v. 517 f. ed. Göttling. — Ameis, Homers Odyssee 1856 S. 5 not. übersetzt an dieser Stelle ἔχει durch „beaufsichtigt" und fügt hinzu, nur durch ein Missverständniss der νεώτεροι sei Atlas zum Himmelsträger gemacht. — Vgl. dagegen Friedreich (a. a. O. S. 655): „Der homerische Atlas involvirt nur den Begriff des äussersten Horizontes".

[10]) Dass die Bezeichnung „ehern" nicht im eigentlichen Sinne zu nehmen sei, sondern „unvergänglich und ewig" bezeichne, s. Friedreich a. a. O. S. 2, dazu S. 15 ff., wo die homerischen Ansichten über Ὠκεανός und Οὐρανός zusammengestellt sind.

und umspannt mit seiner sternenschimmernden Wölbung die Länder und Meere der Erde, während unterhalb derselben, und noch unter dem Hades[1], dem Himmel entgegengesetzt, sich der Tartarus wölbt[2]. In der Mitte der Erde ragt der gewaltige, schluchtenreiche Olympos empor, auf dessen höchstem Gipfel die hellenischen Götter thronen[3]. Bei Homer, den Strabo[4] den ältesten Geographen nennt, finden wir zugleich auch einen bestimmten Hinweis auf eine Erdabbildung, welche gemäss jenen Vorstellungen Erde und Himmel und Okeanos umfasste und neben andern bildlichen Darstellungen den kunstvollen Schild schmückte, welchen Hephästos für den Achilleus gefertigt hatte[5].

Die kosmischen Ansichten der hellenischen Sänger des eigentlichen Hellas waren denen Homer's im Ganzen gleich, und so finden wir, wenn auch die geographischen Kenntnisse nicht unbeträchtlich erweitert sind, bei Hesiod[6] an den sich die böotische Sängerschule als ihren Meister anschloss, die Erdscheibe Homers und „die heilige Strömung des Okeanos"[7] unverändert wieder, nur dass der Erde jetzt Wurzeln, die im Tartarus haften[8], zugeschrieben werden.

Auch die kyklischen Dichter behalten die homerisch-hesiodische Erdansicht vollständig bei, ausser dass allmählig der Olympos aus der Mitte des Erdrundes verdrängt wird und die Lehre der Priester des pythischen Apollo zur Geltung kommt, nach welcher Delphi als Mittelpunkt der Erde angesehen wird. Daher zeigte man hier als Bild des Erdnabels eine niedrige kuppelartige Erhebung von weissem Marmor mit den goldenen Bildern der beiden Adler, welche auf Zeus' Geheiss von den Enden der Erde ausfliegend hier zusammengetroffen wären und so die Mitte der Erde bestimmt hätten.[9] Namentlich trugen wohl Pindar und die Hymnensänger überhaupt zur Verbreitung dieser Ansicht, welche Delphi die Erdmitte nennt, wesentlich bei, die auch bei den Tragikern oft ausgesprochen wird[10]. Im Uebrigen wiederholen sie gewiss nicht ohne Absichtlichkeit die halb mythischen Vorstellungen Homer's, da dieser durchaus „Träger der älteren griechischen Weltansicht ist und seine Dichtungen den nationalen Stoff der griechischen Poesie" bilden. Indessen mag hier noch ausdrücklich hinzugefügt werden, dass, wenn auch die geographischen Kenntnisse umfangreicher als früher waren, doch jene mythischen Anschauungen Homer's und die personifizirende Auffassung physikalischer Phänomene durchaus nicht etwa

---

[1] Gustav Hofmann, Vorstellungen der Alten u. s. w. S. 11.

[2] Il. VIII. 16.

[3] Vgl. Sickler a. a. O. S. V f.

[4] Strabo p. 2 ed. Casaub. (p. 1 Meineke.)

[5] Il. XVIII. 478 ff., bes. v. 483, 607, 608. — Strabo p. 4 Cas. (p. 4 Meineke). — Ueber den Schild des Achilleus s. unter Anderen bes. Reinganum a. a. O. S. 83—95, und neuerdings über diesen Gegenstand Kiene im Philol. XXV. (1867) p. 577.

[6] Hesiod, um 800 v. Chr., war selbst ein Böotier, aber sein Vater aus Kleinasien, aus dem äolischen Kyme, eingewandert. Duncker, Gesch. des Alterthums 1855 ff. III. S. 336 f. Vgl. Göttling, Hesiodi Carmina, 1843 p. I sqq. u. XVI sqq.

[7] Hesiodi Opp. et Dies v. 566; vgl. Theog. v. 133, 242, 695, 959 ed. Göttling und öfter. Im Schild des Herakles (v. 314) bildet ebenfalls der Okeanos ringsum den Rand.

[8] Hes. Theog. v. 727—731; Opp. et Dies v. 19. — Vgl. Theog. v. 807 ff. ed. Göttling.

[9] Strabo p. 419 sq. Casaub. (p. 591 sq. Meineke); Pausan. X. 16. Vgl. Preller in Pauly's Realencycl. der klass. Alterthumswiss. II. S. 918 und Reinganum a. a. O. S. 116 ff., wo die Nachrichten der Alten über den ὀμφαλός s. μεσόμφαλον γῆς zusammengestellt sind, und Stephani Thesaurus graec. linguae etc. (Paris 1865) Tom V. col. 816 u. 2002.

[10] Die Stellen s. bei Stephanus l. c. Vgl. dazu Georg Hofmann, Die Astronomie der Griechen u. s. w. (a. a. O.) S. 19.

nur poetische Fiction und schöne Phantasiegebilde sondern ein „wahrer Theil des Alltagsglaubens" jener Zeit waren, und dass bei den älteren Tragikern wie bei Pindar ein durchaus aufrichtiger mythischer Glaube herrscht. [1])

2) Die speculativen Behauptungen der Philosophen.

Inzwischen war bei den griechischen Pflanzstädten an der kleinasiatischen Küste Schifffahrt und Handel emporgeblüht. Ein Kranz von Colonieen umgab bald das schwarze Meer, wo man anfangs das Ende der Welt in Nebel und Nacht zu erblicken geglaubt hatte: und südwärts eröffnete sich ihrem Unternehmungsgeiste ein weites Feld in dem lange verschlossenen Aegypten, als karische und ionische Hülfsvölker, von Psammetich herbeigerufen, selbst bis über Syene hinaus [2]) vorgedrungen waren und zur Gründung einer neuen Colonie, der Vermittlerin wichtigen Verkehrs, Veranlassung gaben. Auch in den fernen Westen, selbst bis über die Säulen des Herakles hinaus, wurden kühne Fahrten unternommen und überall den Phöniziern und Karthagern mit Erfolg ein lange besessenes Handelsgebiet streitig gemacht. Bei solch ausgebreiteten Handelsbeziehungen und dem regen Wechselverkehr zwischen den Colonieen und dem Mutterlande strömten nicht nur die Schätze der bekannten Erde hier zusammen, sondern der Gesichtskreis wurde erweitert, geographische Kenntnisse wurden ausgetauscht und verbreitet, und jene asiatischen Freistaaten, die blühend, reich und mächtig dastanden, wurden so zugleich wichtige Pflanzstätten höherer Cultur und wissenschaftlicher Thätigkeit, und wie hier die Wiege der griechischen Poesis gestanden hatte, so erwachte — um der übrigen Bestrebungen in Kunst und Wissenschaft nicht zu gedenken — auch hier zuerst der Geist philosophischer Forschung.

Unter den ionischen Naturphilosophen aus Milet war es zuerst Thales (geb. um 640 v. Chr.) [3]), der Begründer der Philosophie überhaupt, der den Versuch machte, auf dem Wege wissenschaftlicher Speculation die Erscheinungen der Natur zu erklären. Aber er sowohl wie seine Nachfolger, obwohl sie mit der religiösen Tradition vollständig brachen, vertrauten doch mehr ihrer Phantasie als eigener Beobachtung und Wahrnehmung und gelangten daher über die Gestalt des Erdkörpers nicht zu richtigen Ansichten, trotzdem sie weite Reisen, namentlich auch nach Aegypten, unternahmen, auf denen sie bei einiger Aufmerksamkeit die Beobachtung des Auftauchens neuer Sterne im Süden, des Herabsinkens der nördlich stehenden zum Horizont zur Vorstellung von der Krümmung der Erdoberfläche hätte führen müssen. Thales erklärt die Erde für eine Scheibe von Kreisgestalt, welche wie Holz auf dem Urstoffe aller Dinge, dem Wasser, schwimme [4]), dessen rings hervorstehender Rand der Okeanos sei. —

[1]) Vgl. Grote a. a. O. I. S. 272 ff.

[2]) Dort gruben sie bei Ipsambul oder Abusambul an dem Schenkel eines der 60 Fuss hohen Kolosse, die vor dem Felsentempel Ramses' des Grossen sitzen, ihre Namen in grossen Schriftzügen ein, „ein touristisches Geschreibsel müssiger Söldner zum Gedächtniss ihrer Anwesenheit an einem merkwürdigen Platze". S. Ross in den Neuen Jahrb. f. Phil. u. Päd. 69. Bd. 1854 S. 527 ff.

[3]) Hier und im Folgenden ist die Lebenszeit nach Ueberweg, Grundr. der Gesch. der Philosophie, 2. Aufl. 1865 angegeben.

[4]) Arist. de coelo II. 13, 7 (Opp. omn. edit. Tauchnitz, Vol. III. p. 76: Metaph. I. 3 (Vol. II. p 8: Senec. Nat. Quaest. III. 14 (L. Ann. Senecae opp. ed. Haase, Vol. II. p 221) u. VI. 6 (Vol. II. p 276); Euseb. Praep. ev. I. 8, 1 u. XIV. 14, 1. — Emsmann (Physikal. Handwörterb. 1868 I. S. 285) sagt demnach, dass bei Thales „der Himmel eine zur Hälfte mit Wasser gefüllte Hohlkugel sei, dass die Erde die Form einer Walze habe und in dem Wasser so schwimme, dass nur die eine kreisförmige Endfläche herausrage". — Dagegen berichten der Pseudo-Plutarch, Placit. phil III. 10 (ed. Reiske Vol. IX. p. 546), Eusebius, Praepar evang. XV. 56, Galen. de philos. hist. cap. 20 (Med. Graec. Opp. vol. XIX. p. 293), Thales habe die Erde als kugelförmig ($\sigma\varphi\alpha\iota\rho\sigma\epsilon\iota\delta\acute{\eta}\varsigma$) ange

Bei **Anaximander** (geb. um 611 v. Chr.), einem jüngeren Zeitgenossen und Freunde des Thales, wird der Himmel, der nach den früheren Darstellungen am Erdrande endigte, zu einer vollen Kugel, deren Mitte die Erde einnimmt, erweitert und giebt diese Gestalt nicht wieder auf. Die Erde aber denkt sich **Anaximander** aus einem ursprünglich flüssigen Zustande, einem Urschlamm, entstanden, lässt sie unbeweglich im Mittelpunkte unzähliger Welten ruhen[1] und giebt ihr die Gestalt eines kurzen Cylinders, dessen Höhe ein Drittel der Breite betrage, und dessen obere ebene Fläche die Menschen bewohnen.[2] Zugleich wird uns **Anaximander** als der erste genannt, welcher eine geographische Tafel[3], vermuthlich eine allgemeine Erdkarte, entworfen und darauf den Umfang der Erde und des Meeres dargestellt habe.[4] Ueber **Pherekydes** und einige andere Kosmologen jener Zeit ist uns wenig bekannt; doch gedenken wir von ionischen Philosophen noch des **Anaximenes**, welcher, jünger als Anaximander und vielleicht ein Schüler desselben, die Erde für ein Product der Verdichtung der Luft erklärt und sie als cylindrische Scheibe von geringer Dicke, gleich der runden Fläche eines Tisches, von der durch sie in der untern Halbkugel des Himmels zusammengepressten Luft getragen werden lässt[5]. **Diogenes von Apollonia**, der letzte der älteren Naturphilosophen, der ebenfalls durch Verdünnung und Verdichtung der Luft die Welten werden lässt, scheint mit dieser Vorstellung übereinzustimmen, wenn er die Erde rund und in der Mitte der Welt gegründet nennt[6]), und **Heraklit von Ephesus** nimmt ebenfalls die Scheibenform der Erde an.[7]

schen. Doch liegt hierin, zumal bei den bestimmten entgegenstehenden Nachrichten, wohl nur ein Missverständniss und vielleicht Verwechslung der Wörter Welt und Erde. (S. auch Plut. Plac. phil. II. 2; Vol. IX p. 511 Reiske). Vgl. Schaubach, Gesch. der griech. Astronomie bis auf Eratosthenes, 1802 S. 94; Reinganum, a. a. O. S 100 f.

[1] Arist. de coelo II. 13, 19 (Vol. III. p. 74 Tauchn.). Vgl. Suidae Lexic. rec. Gaisford Tom. I. col. 300: „Ἀναξίμανδρος ... πρῶτος εὖρε τὴν γῆν ἐν μεσαιτάτῳ [„in medio mundi"] κεῖσθαι" und Brandis, Handb. der Gesch. der Gr.-Röm. Philos. 1835 ff. I. S. 135 ff. Nach Gruppe, die kosmischen Systeme der Griechen 1851 S. 46, hätte sich Anaximander und eben so Anaximenes den Himmel nur als Halbkugel gedacht, während nach Forbiger, Handb. d. alten Geogr. 1842 I. S. 43 bereits bei Thales der Himmel eine vollständige hohle Kugel ist.

[2] Euseb. Praep. evang. I 8, 2: „Ὑπάρχειν δέ φησι [Ἀναξίμανδρος] τῷ μὲν σχήματι τὴν γῆν κυλινδροειδῆ, ἔχειν δὲ τοσοῦτον βάθος, ὅσον ἂν εἴη τρίτον πρὸς τὸ πλάτος." Wenn bei Plutarch (Placit. philos. III. 10), Eusebius (Praep. evang. XV. 56) und Galen de phil. hist. c. 20 (l. c. p. 293) es heisst: „Ἀναξ. λίθῳ κίονι τὴν γῆν προςφερῆ τῶν ἐπιπέδων", so ist damit gewiss keine andere, sondern dieselbe Ansicht wie vorher ausgesprochen. Diogenes Laertius endlich behauptet (II. 1 p. 33 ed. Didot), dass Anaximander die Erde kugelförmig genannt, ja sogar einen Erdglobus verfertigt habe („μέσην δὲ τὴν γῆν κεῖσθαι, κέντρου τάξιν ἐπέχουσαν, οὖσαν σφαιροειδῆ" κ. τ. λ.), woran aus demselben Grunde wie bei Thales zu zweifeln ist, zumal da Strabo, wo er von den geographischen Leistungen des Anaximander spricht (p. 7 Casaub.; p. 8 ed. Meineke), davon nichts erwähnt. Vgl. Reinganum a. a. O. S. 99 Note 6 und S. 102 ff. und Whewell, Gesch. der induct. Wissenschaften, übers. v. Littrow, 1840. I. S. 124. Dazu kommt, dass Diogenes Laertius selbst an einer anderen Stelle (IX. 3, 21; p. 232 ed. Didot) ausdrücklich erzählt, dass Parmenides der erste gewesen sei, welcher die Erde für kugelförmig erklärt habe. Vgl. unten S. 12 Note 4.

[3] „Ἀναξίμανδρον .... ἐκδοῦναι πρῶτον γεωγραφικὸν πίνακα" Strabo p. 7 Casaub.; p. 8 Meineke) Agathem. I. 1. — Vgl. auch Reinganum a. a. O. S. 32 ff. über die Darstellung geographischer Karten bei den Alten und speciell über die Bedeutung von πίναξ.

[4] Diog. Laert. II. 1, 2; p. 33 Didot.

[5] Arist. de coelo II. 13, 10 (Vol. III. p. 71 Tauchn.). Euseb. Praep. evang. I. 8, 3: „Ἀναξιμένην δέ φασι .... πρώτην γεγενῆσθαι λέγειν τὴν γῆν, πλατεῖαν μάλα" und XV. 56: „Ἀναξ. τραπεζοειδῆ" [τὴν γῆν]; ebenso Plut. de Plac. phil. III. 10; Galen, Hist phil. c. 21 (l. c. p. 294).

[6] Diog. Laert IX. 9 p. 241 Didot: „τὴν γῆν στρογγύλην, ἐρηρεισμένην ἐν τῷ μέσῳ", worin στρογγύλη als Rundung der Kreisfläche nach Voss (s. Schaubach a. a. O. S. 97; Brandis a. a. O. I. 287 dd) zu verstehen ist.

[7] Gruppe a. a. O. S. 47.

Ohne auf die Entwicklung der geographischen Kenntnisse näher einzugehen, sei zur Darstellung der allmähligen Erweiterung des Gesichtskreises hier nur an die Hauptmomente erinnert, welche dieselbe besonders förderten. Das Bestreben, die Erdoberfläche in grösserer Ausdehnung kennen zu lernen, veranlasste nicht nur eine sorgfältige Sammlung der gemachten Erfahrungen und gewonnenen Kenntnisse, sondern ermuthigte auch zu recht eigentlichen Entdeckungsreisen in unbekannte Meere und Länder. Necho liess durch phönizische Seefahrer Afrika umschiffen [1]) (um 610 v. Chr.), Skylax wurde (um 512 v. Chr.) von Darius, dem Sohn des Hystaspes, zur Erforschung des Induslandes ausgesandt und kehrte Arabien umfahrend durch das rothe Meer zurück [2]), während (um 470 v. Chr.) die Carthager Hanno [3]) und Himilco [4]) von den afrikanischen und europäischen Küsten des atlantischen Oceans neue Kunde brachten. Auch die mächtigen Heereszüge des Darius kamen der Geographie wesentlich zu Gute, veranlassten sogar vorhergehende specielle Erforschungen der Länder und genaue Küstenaufnahmen [5]), und kühne Handelsexpeditionen der Phönizier wagten schon lange die Fahrt bis in die Nordsee und brachten den schon zu Homer's Zeiten geschätzten Bernstein von den Küsten Schleswigs nach dem Mittelmeer [6]), während der schönste, durch seine vollkommene Klarheit ausgezeichnete, „der leuchtenden Sonne vergleichbare", der bei den späteren Römern griechischer Bernstein hiess, von griechischen Kaufleuten bereits vor Herodot auf dem Landwege von den östlichen Küsten der Ostsee geholt wurde [7]). Die Fülle des geographischen Wissens, das vorzugsweise auch den inzwischen unterworfenen ionischen Städten Kleinasiens reichlich zuströmte, suchten die Logographen zu sammeln und darzustellen; aber für das Erdganze blieb noch die Ansicht der ionischen Naturphilosophen allgemein gültig, welche die Erde als Kreisfläche betrachtete, und selbst dem bedeutendsten unter den Logographen, dem vielgereisten Hekataeos (geb. 549 v. Chr.),[8]) von dem erzählt wird, dass er die Erdtafel des Anaximander in bewundernswürdiger Weise verbessert habe [9]),

---

[1]) Herod. IV. 42. — Vgl. Ohlert, Ueber die Umschiffung Afrikas im Alterthume (Progr. der Burgschule in Königsberg 1856) S. 3 ff. — Die Wahrheit dieser so viel in Zweifel gezogenen Fahrt ist jetzt ziemlich allgemein anerkannt. Von der Ostseite her machen die Meeresströmungen und Winde eine Umschiffung Afrika's, wie ja überhaupt der ganzen Erde, weit leichter (vgl. v. Klöden, Phys. Geogr. 1859. S. 477 ff.), als in der entgegengesetzten Richtung, in welcher Hanno, Sataspes und Andere und fast 2 Jahrtausende später die kühnen Schiffer, welche einen Seeweg nach Indien suchten, vorzudringen bemüht waren.

[2]) Herod. IV. 45; vgl. Duncker, Gesch. des Alterthums II. S. 591 Note.

[3]) Plin. Nat. Hist. II. 67 (Vol. I. p. 102 ed. Janus); Pomp. Mela, De situ orbis III. 9 (p. 295 ed. Gronov.).

[4]) Plin. l. c.

[5]) Herod. III. 134—138. Vgl Grote a. a. O. II. S. 522 ff.

[6]) Redslob, Thule, die phönizischen Handelswege nach dem Norden 1855. S. 25 ff.

[7]) Der vollkommen klare, nicht wolkige Bernstein findet sich fast nur an der samländischen und besonders an der kurisch-livländischen Küste und gelangte vorzugsweise auf der zuerst von Kruse (Archiv f alte Geschichte, Geogr. u. s. w. 1822, II. S. 126 f.) nachgewiesenen Bernstein-Handelsstrasse nach Griechenland, welche vom schwarzen Meere beginnend der Donau bis Carnuntum und nachher der Weichsel bis zu ihrer Mündung folgte. Durch diesen Handel waren die Griechen schon früh mit den genannten Gegenden bekannt geworden, und Kruse (a. a. O., sowie in der Urgeschichte des estnischen Volksstammes 1846) macht es sehr wahrscheinlich, dass die früher weiter verbreiteten Melanchlaenen des Herodot (IV. 20 u. öfter) die heutigen Esthen sind.

[8]) Reinganum a. a. O. S 139, wo in einem ausführlichen Excurse (vervollständigt von Forbiger, a. a O. I. 48 ff.) das geographische Material des Hekataeos zusammengestellt ist.

[9]) Agath. I. 1: „Ἀναξίμανδρος ... πρῶτος ἐτόλμησεν τὴν οἰκουμένην ἐν πίνακι γράψαι. Μεθ' ὃν Ἑκαταῖος ὁ Μιλήσιος, ἀνὴρ πολυπλανής, διηκρίβωσεν, ὥστε θαυμασθῆναι τὸ πρᾶγμα." Vermuthlich ist diese Karte des Hekataeos die bei Herodot (V. 49) genannte eherne Tafel, welche Aristagoras, um Beistand für die Jonier flehend, in Sparta vorzeigte, und auf der „der Umfang der ganzen Erde mit dem gesammten Meer und allen Flüssen eingegraben war".

war die Erde, wie sich aus allgemeinen Nachrichten über seine Zeit und aus seinen Fragmenten entnehmen lässt, noch die runde Scheibe, welche der Okeanos umfliesst, und in deren Mittelpunkt Delphi gelegen ist. Herodot (geb. um 484 v. Chr.) [1] macht sich über diese Vorstellung lustig [2], welche „den Okeanos ringsum strömend und die Erde kreisrund zeichne, wie von der Drehbank“, nimmt sie aber doch selbst als ebene Scheibe an, hält wie Homer die östlichen Länder für sonnennäher und Indien daher schon Morgens für ganz besonders heiss, giebt aber den mythischen Okeanos auf und bezeichnet auf der Erdfläche das bewohnte Land als grosse länglich-runde Insel, welche vom Weltmeere umfluthet werde [3].

Inzwischen hatte sich die Schule der jüngeren ionischen Naturphilosophen entwickelt, deren Ansichten über die Erdgestalt sich jedoch nur unwesentlich von den früheren Lehren unterscheiden. Empedokles von Agrigent (geb. nicht lange nach 500 v. Chr.) trat der nachher zu erwähnenden Behauptung des Xenophanes entgegen, dass die Erde nach der Tiefe hin sich unbegrenzt erstrecke [4], und liess sie vielmehr unbeweglich in der Mitte des schnell sich umschwingenden Krystallhimmels als Scheibe frei schweben [5], deren Südhälfte sich gesenkt habe, weil die Luft in Folge der im Süden wirkenden Sonnengluth von dort nach Norden entwichen sei [6]. Die Behauptung der Erdgestalt als Kreisscheibe oder kurzen Walze spricht auch Anaxagoras (geb. um 500 v. Chr.) aus [7], welchem die Polhöhe Ioniens für alle Orte der Erde gültig ist. Aehnlich ist die Ansicht der Stifter der atomistischen Schule, des Leukippos und Demokritos (geb. um 460 v. Chr.): der erstere hielt sie dem Tympanon oder einer niedrigen Trommel ähnlich, der letztere erklärte sie für diskusförmig und in der Mitte vertieft [8] und fügte

---

[1] Nach Gellius, Noct. Att. XV. 23.

[2] Herod. II. 21 u. 23, IV. 8 u. 36.

[3] „Bei den Indiern ist die Sonne Morgens am heissesten, nicht wie bei den andern Menschen Mittags, sondern von der Zeit an, wo sie steigt [$\dot{v}\pi\varepsilon\varrho\tau\varepsilon i\lambda\alpha\varsigma$], bis zu der Zeit, wo man vom Markte nach Hause geht. Während dieser Zeit brennt die Sonne dort noch weit mehr, als am Mittag in Hellas“, u. s. w. (Herod. III. 104, nach d. Uebersetzg. v. Bähr 1866; III. S. 86). Vgl. über diese Stelle auch Stephani Thesaurus etc. Tom. VIII. col. 246 s. v. „$\dot{v}\pi\varepsilon\varrho\tau\acute{\varepsilon}\lambda\lambda\omega$“: „Ex Herodoto autem [3, 104] $\dot{v}\pi\varepsilon\varrho\tau\varepsilon i\lambda\alpha\varsigma$ $\ddot{\eta}\lambda\iota\varsigma$ pro Sol effervescens, s. potius Quum usque ad umbilicum coeli pervectus est“. -- Auch aus seinem Zweifel an der Erzählung der Phönizier, dass sie bei der Umschiffung Libyens die Sonne zur Rechten gehabt hätten, (IV. 42) folgt, dass er die Kugelgestalt der Erde nicht anerkennt. (Vgl. Pomp. Mela I. 1. p. 6 ed. Gronov., wo Süden noch als der Theil des Himmels, über den die Sonne ihre Bahn beschreibt, definirt wird.) — Endlich weist auch der Anfang der Rede des Korinthiers Sosikles (Herod. V. 92) gewiss im Sinne Herodots den Glauben an eine frei schwebende von der Himmelskugel umgebene Erde von der Hand. -- Is. Vossius in s. Observatt. ad Pomp. Melam zu den Worten Mela's I. 9 (p. 54 Gronov): „sol hieme terris proprior“ sagt: „Ex Herodoto haec' accepit. Sol hieme terris proprior, quia minor esse videtur altitudo ejus supra horizontem“ (Mela, ed. Gronov. p. 366). Auch diese betreffende Stelle Herodot's, die ich aber nicht aufzufinden vermochte, würde das obige Urtheil bestätigen.

[4] Seine Worte führt Aristoteles, de Coel. II. 13, 7 (Vol. III. p. 70 Tauchn.) an.

[5] Arist. de Coel. II. 13, 14 (Vol. III. p. 72 Tauchn.). Vgl. Gruppe a. a. O. S. 98 ff. u. Apelt, Parmenidis et Empedoclis doctrina de mundi structura 1857 p. 13.

[6] Plut. de Plac. philos. II. 8.

[7] Arist. de Coel. II. 13, 10 (Vol. III. p. 71 Tauchn.); Martianus Capella, p. 192 Grot., p. 199 ed. Eyssenhardt; Euseb. Praep. ev. XIV. 15, 1 sqq. — Vgl. Plat. Phaed. p. 97 D.

[8] Plut. de Plac. phil. III. 10: „$\mathit{\Lambda}\varepsilon\dot{v}\varkappa\iota\pi\pi\sigma\varsigma$ $\tau\upsilon\mu\pi\alpha\nu\sigma\varepsilon\iota\delta\tilde{\eta}$ $[\tau\dot{\eta}\nu\ \gamma\tilde{\eta}\nu]$· $\mathit{\Delta}\eta\mu\acute{\sigma}\varkappa\varrho\iota\tau\sigma\varsigma$ $\delta\iota\sigma\varkappa\sigma\varepsilon\iota\delta\tilde{\eta}$ $\mu\acute{\varepsilon}\nu$ $\tau\tilde{\omega}$ $\pi\lambda\acute{\alpha}\tau\varepsilon\iota$, $\varkappa\sigma\acute{\iota}\lambda\eta\nu$ $\delta\grave{\varepsilon}$ $\tau\grave{\sigma}$ $\mu\acute{\varepsilon}\sigma\sigma\nu$“. Vgl. Diog. Laert. IX. 6, 30; p. 234 ed. Didot; Plut. l. c. III. 13 u. 15 (Vol. IX. p. 548, 550 Reiske); Galen, de phil. hist. c. 21 (l. c. p. 294); Arist. de Coel. II. 13, 10 (Vol. III. p. 71 Tauchn.). Dass mit „tympanonförmig“ durchaus die Gestalt unserer „Kesselpauke“ bezeichnet und also die Erde als Halbkugel gedacht sei, wie Gruppe (a. a. O. S. 105) will, scheint sehr fraglich; vielmehr ist damit die in der Mitte vertiefte Scheibe, etwa wie das heutige Tambourin oder eine niedrige Trommel, gemeint, was doch auch die von Gruppe zum Erweis seiner Behauptung citirten Worte Varro's „tabula cavata, ut tympanum“ bedeuten, und womit die Erklärung in Stephani Thes. VII. col. 2580 übereinstimmt.

hinzu, sie habe wegen des üppigen Pflanzenwuchses auf der südlichen Kreishälfte eine Störung des Gleich-gewichts und eine Neigung nach Süden erlitten [1]).

Wir wenden uns nun zu den Philosophenschulen Unteritaliens, die zwar schon in eine frühere Zeit hinaufreichen, als einige der eben genannten Philosophen, die aber, weil sie durch ihre Specu-lationen schliesslich zu richtigeren Meinungen über die Erdgestalt geführt wurden, hier im Zusammen-hange besprochen werden mögen.

Xenophanes aus Kolophon in Kleinasien (geb. um 569 v. Chr.), der Stifter der eleatischen Schule, behielt die ihm noch von den ionischen Philosophen seiner Heimath gelehrte ebene Oberfläche der Erde bei, schrieb ihr aber nach unten hin unendliche Ausdehnung zu, indem er, um eine feste Unterstützung ihr zu geben, sie im Unendlichen gewurzelt sein liess [2]). Seine philosophische Lehre wurde von Parme-nides aus Elea (geb. gegen 515—510 v. Chr.) weiter entwickelt, der die vielleicht bereits von Pythagoras versuchte Eintheilung der ebenen Erdfläche in Zonen verbessert haben soll [3]), sich aber noch nicht von der ihm überlieferten Erdgestalt entfernt zu haben scheint [4]), die wir daher auch noch bei seinen Schü-lern und Anhängern, namentlich bei Zeno und Melissus, hervortreten sehen [5]).

---

[1]) Plut. de Plac. phil. III. 12 (Vol. IX. p. 547 Reiske).

[2]) Arist. de Coel. II. 13, 7 (Vol. III. p. 70 Tauchn.): „ἄπειρον τὸ κάτω τῆς γῆς εἶναί φασιν, ἐπ' ἄπειρον αὐτὴν ἐρριζῶσθαι λέγοντες, ὥσπερ Ξενοφάνης.“ — Vgl. Plut. de Plac. phil. III. 9 u. 11 (Vol. IX. p. 546 Reiske). S. auch Arist. de Xenoph., Zenone et Gorgia II (Vol. XVI. p. 225 Tauchn.) Euseb. Praep. ev., I. 8, 6; XV. 55; XV. 57. Die betreffenden Worte des Xenophanes theilt Achilles Tatius mit (s. Ueberweg a. a. O. S. 50):

„Γαίης μὲν τόδε πεῖρας ἄνω παρὰ ποσσὶν ὁρᾶται
Αἰθέρι προςπλάζον· τὰ κάτω δ' ἐς ἄπειρον ἱκάνει.“

Nach Gruppe's (a. a. O. S. 95) Ansicht „scheint Xenophanes sich die Erde so zu denken, dass sie die Hälfte der Weltkugel ausfüllt, und zwar ganz ausfüllt mit ihrer festen Masse, ohne von Wasser oder Luft getragen zu sein.“

[3]) Strabo p. 94 f. Casaub. (p. 125 f. Meineke); Plut. de Plac. phil. III. 11 (Vol. IX. p. 547 Reiske); Euseb. Praep. ev. XV. 57. — Vgl. Schaubach a. a. O. S. 102 ff.

[4]) Ueber die Gestalt der Erde bei Parmenides berichtet Diogenes Laertius an zwei Stellen, zuerst im Leben des Pythagoras (VIII. 1; p. 216 Didot), wo es heisst, dass zuerst Pythagoras, oder dem Theophrast zufolge Parmenides die Erde rund (στρογγύλη) genannt habe, dass aber Zeno dasselbe von Hesiod erzähle; dann im Leben des Parmenides (IX. 3; p. 232 Didot): „Πρῶτος δ' οὗτος [Παρμενίδης] τὴν γῆν ἀπέφηνε σφαιροειδῆ καὶ ἐν μέσῳ κεῖσθαι“. Doch die erstere Nachricht ist durch das Wort στρογγύλη vieldeutig, zumal da dieses nicht nothwendig kugelförmig heisst und in Bezug auf Hesiod γῆ στρογγύλη doch nur Kreisscheibe sein kann: und die zweite Stelle, in der allerdings das bestimmte Wort σφαιροειδής vorkommt, widerspricht der oben (S. 9 Note 2) über Anaximander mitgetheilten Nachricht des Diogenes Laertius, ist also jedenfalls mit wenig Kritik gegeben und verdient nicht zu viel Vertrauen. Brandis (a. a. O. S. 388), Gruppe (a. a. O. S. 95), Apelt (l. c. p. 5), Poggendorff (Biogr.-lit. Handwörterb. zur Gesch. der exacten Wiss., 1863; II. S. 362) und viele Andere, namentlich auch Peschel (a. a. O. S. 31), sind ohne Angabe von Gründen der Meinung, Parme-nides habe die Kugelgestalt der Erde vorausgesetzt, ja mathematisch (?) bewiesen, obwohl weder die genannten Stellen des Diog. Laertius Beweise für die Erdgestalt enthalten, noch die bei Plut. de Plac. phil. III. 15 (Vol. IX. p. 550 Reiske), in der Parmenides und Demokrit als solche genannt werden, die die Ruhe der Erde inmitten der Welt behaupten, eine Stelle, aus der sogar eher hervorgeht, dass Parmenides in der Gestalt der Erde mit Demo-krit übereinstimme. Demnach ist die Annahme der Kugelgestalt, weil jede andere zuverlässigere Nachricht darüber fehlt, schwerlich berechtigt, da doch nicht einmal Zeno, sein eigener Schüler und Freund, dieser mit „mathemati-schen Gründen“ (Peschel) bewiesenen Ansicht folgt. — Vgl. Schaubach, a. a. O. S. 100 ff. und Forbiger a. a. O. I. S. 45 Not., die dem Parmenides die Behauptung der Kugelgestalt absprechen.

[5]) Vgl. über beide Arist. de Xenoph., Zenone et Gorgia, da in dieser unter den Aristotelischen Schriften auf uns gekommenen Abhandlung die ersten Abschnitte (I. u. II.) erwiesenermassen nicht von Xenophanes, sondern von Melissus handeln. Vgl. Ueberweg a. a. O. I. S. 47 u. Kern, Θεοφράστου περὶ Μελίσσου (im Philol. XXVI. 1867) S. 271.

Endlich gedenken wir noch der Philosophenschule, die in ihrem Gründer weit älter ist als die meisten der bereits genannten Philosophen, die aber in ihren Speculationen einen von den andern weitab liegenden Weg verfolgte und zu ganz andern Ansichten über den Bau des Weltalls geführt wurde, nämlich der pythagoreischen. Ueber Pythagoras selbst und seine Lehre wissen wir wenig Sicheres[1]): „Mangel an ächten Schriften, eine Menge von untergeschobenen und späteren, ohne Kritik zusammengehäuften Nachrichten, ... die Schwierigkeit, das Eigenthum des Pythagoras und seiner Schüler mit Sicherheit zu unterscheiden, das Wiederaufleben der pythagoreischen Schule in späteren Zeiten mit andern Modificationen — dieses sind die besonderen Schwierigkeiten, welche diesem Theil der Geschichte der Philosophie eigen sind"[2]). Pythagoras (um 582 v. Chr.), in Samos geboren und vielleicht schon durch Anaximander mit den Lehren der ionischen Physiologen bekannt geworden, scheint in seinen Ansichten über die Erde und ihre Gestalt mit jener ionischen übereinzustimmen und die Erde als flache Scheibe[3]) gedacht zu haben, welche der Okeanos umströmt, und auf welche er die Zoneneintheilung des Himmels übertragen haben soll[4]). Dass er durch die harmonische Bewegung der Weltkörper veranlasst wurde, als erster das Wort Kosmos für Weltordnung, Welt und Himmelsraum zu gebrauchen, wird durch das einstimmige Urtheil des Alterthums bestätigt[5]); aber schwerlich gehören ihm schon die im Uebrigen ihm zugeschriebenen kosmologischen Lehren an, die er zum Theil von den Priestern Aegyptens erhalten haben soll, und aus denen man ein vollständiges System des Weltenbaues hat deuten wollen[6]). Wenn auch von ihm der Anstoss dazu gegeben wurde, so waren es doch erst seine Schüler, welche während

[1]) Pythagoras selbst hat keine Schriften hinterlassen, und Aristoteles, der für die pythagoreischen Lehren eine Hauptquelle ist, spricht stets nur allgemein von den Pythagoreern, erwähnt aber in keiner einzigen der erhaltenen Schriften den Pythagoras persönlich. Nur in Arist. Moral. magn. I. 1 (Vol. XV. p. 2 Tauchn.) wird Pythagoras genannt, in einer Schrift also, von der bewiesen ist (s. Ueberweg a. a. O. I. S. 129 f.), dass sie nicht von Aristoteles herrührt, sondern einer späteren Zeit angehört. Vieles, was unzweifelhaft erst Lehre seiner Schüler ist und zum Theil im Folgenden noch Erwähnung finden wird, wurde ihm zugeschrieben, und überhaupt „über den Pythagoreismus und seinen Stifter weiss uns die Ueberlieferung um so mehr zu sagen, je weiter sie der Zeit nach von diesen Erscheinungen abliegt, wogegen sie in demselben Maasse einsilbiger wird, in dem wir uns dem Gegenstande selbst zeitlich nähern" (Zeller bei Ueberweg a. a. O. I. S. 43).

[2]) Tennemann, Grundr. der Gesch. der Philos., 4. Aufl. 1825. S. 63.

[3]) Schaubach a. a. O. S. 97 f. u. S. 249. Reinganum a. a. S. 101 u. 127. Vgl. Sickler a. a. O. S. XIX. — Diogenes Laertius berichtet in seinem Leben des Pythagoras (VIII. 1) an einer Stelle (VIII. 1, 25; p. 210 Didot), indem er dem Alexandros folgt, Pythagoras habe die Erde kugelförmig und ringsumwohnt ($\sigma\varphi\alpha\iota\rho\sigma\epsilon\iota\delta\tilde{\eta}$ $\varkappa\alpha\grave{\iota}$ $\pi\epsilon\rho\iota\sigma\iota\varkappa\sigma\upsilon\mu\acute{\epsilon}\nu\eta\nu$) inmitten des Weltalls sich gedacht und gelehrt, es gebe Antipoden, denen das oben sei, was uns unten; an einer andern Stelle (VIII. 1, 48 p. 216 Didot) aber folgt er dem Favorinus in der Behauptung, dass Pythagoras die Kreisgestalt ($\gamma\tilde{\eta}\nu$ $\sigma\tau\rho\sigma\gamma\gamma\acute{\upsilon}\lambda\eta\nu$) der Erde ausgesprochen habe. Da indessen kein Schriftsteller vor unserer Zeitrechnung die Kugelgestalt der Erde als eine Behauptung des Pythagoras nennt und die Annahme von Antipoden auch erst einer späteren Zeit angehört, so dürfen wir wohl mit Recht jener Nachricht des Diogenes Laertius — bei den anerkannten Mängeln seines Werkes — misstrauen. Diese Erzählung nimmt dagegen Gruppe (a. a. O. S. 51 ff.) als unbedingt richtig an und vindicirt dem Pythagoras bereits die Gründe, mit welchen erst Aristoteles die Kugelgestalt der Erde erweist. Forbiger (a. a. O. I. S. 46. Not.) erklärt es für wahrscheinlicher, dass nicht Pythagoras, sondern „erst spätere Philosophen seiner Schule" die Kugelgestalt der Erde behaupteten, und auch Oettinger (in Pauly's Realencycl. u. s. w. VI. S. 2886) hält es für „sehr unwahrscheinlich, dass Pythagoras schon die Kugelgestalt der Erde lehrte", obwohl er ihm an einer anderen Stelle (V. S. 1665 ff. u. 1673) ein ausgebildetes Planetensystem zuschreibt. — Dass Pythagoras die Kugelform der Erde angenommen, wird von Vielen vorausgesetzt, zumal von denen, die ihm ein besonderes Weltsystem construiren.

[4]) Plutarch, Plac. phil. III. 14 (Vol. IX. p. 548 Reiske). Schaubach a. a. O. S. 97 f. und 143 ff. u. Reinganum a. a. O. S. 127 unter Berufung auf Voss, Krit. Blätter II. S. 148 f

[5]) S. Humboldt, Kosmos I. 62 u. 76.

[6]) Bei Pythagoras ruht die Erdscheibe in der Mitte des kugelförmigen Weltalls, bei Philolaos bewegt sich die Erdkugel in einer Kreisbahn um das Centralfeuer. Will man also von einem System des Pythagoras

eines längeren Zeitraumes [1]) seine Zahlenlehre weiter entwickelten und, indem sie die mathematisch-theologische Speculation auf die Kosmologie anzuwenden suchten, endlich ein Weltsystem aufstellten, welches vom Pythagoreer **Philolaos**, einem Zeitgenossen des Sokrates, in den Fragmenten seiner Schriften — wenn anders dieselben echt sind [2]) — und von Aristoteles uns mitgetheilt wird, eine Lehre, die sich von all den früher besprochenen Ansichten über den Weltenbau wesentlich dadurch unterscheidet, dass die Erde ihren bisher behaupteten Platz in der Mitte der Welt aufgiebt. Um ein Centralfeuer oder den Weltheerd bewegen sich in Kreisbahnen zunächst die Gegenerde, dann als zweiter Planet die kugelförmige Erde und endlich in verschiedenen grösseren Abständen Mond, Sonne und die andern Planeten [3]). Da man ferner nur die von dem Centralpunkte der Bewegung abgewendete Hemisphäre der Erde für bewohnt hielt und Erde und Gegenerde in gleichen Zeiten ihre Bahn durchliefen, so dass stets die Ge-

und seiner unmittelbaren Schüler sprechen, so ist dieses allerdings durchaus verschieden von dem des Philolaos, und beide können durchaus nicht identificirt werden, wie es z. B. Duncker (Gesch. des Alterth. IV. S. 559 ff.) und auch Humboldt (Kosmos II. S. 503) thun. — Martin (Études sur Timée II. p. 101 ff.), Gruppe (a. a. O. S. 51 ff.), Oettinger (a. a. O.), Roudolf (Die astronomischen u. kosm. Anschauungen der ält. Zeit bis auf Aristoteles, im Progr. des Gymn. zu Neuss 1866) und Andere setzen die Erde unbewegt in die Weltmitte; ob man aber berechtigt ist, aus den späten und darum unsicheren Nachrichten des Plinius, Geminos, Achilles Tatius, Censorinus, Macrobius ein ganzes Planetensystem „des Pythagoras und seiner Schule“ (aber nicht des Philolaos) zusammenzustellen, nach welchem um diese ruhende Erde die Planeten in verschiedenen Abständen kreisen oder bereits acht krystallene Kugelschalen mit den Gestirnen sich um die Erde bewegen (Roudolf a. a. O. S. 15), haben wir hier nicht zu untersuchen und fügen nur noch zur Vervollständigung und zum Beweise, wie mannigfach und zahlreich die über Pythagoras gegebenen Deutungen sind, hinzu, dass (nach Oettinger a. a. O. I. S. 881) Montucla, (Hist. des mathém. I. p. 118), Bossut (Gesch. der Mathem. I. S. 211), Schubert (Einl. zur popul. Astron p. 76) sogar meinen, Pythagoras habe bereits den Umlauf der Erde um die Sonne gelehrt. Uebrigens wird auch in dem päpstlichen Verbote (1616) des copernikanischen Werkes das neue Weltsystem „falsa illa doctrina Pythagorica“ genannt. — Während aber jedes der angegebenen Weltsysteme die Erde als Kugel voraussetzt, finden wir nirgends im Aristoteles, der unser Hauptgewährsmann sein muss, und der es gewiss nicht unerwähnt gelassen hätte, dass Pythagoras selbst schon die Erde als kugelförmig angesehen habe.

[1]) Brandis, a. a. O. I S. 433 und 442 f.

[2]) Ihre Echtheit ist, nachdem sie seit Böckh's Schrift über Philolaos (1819) unbezweifelt war, in neuester Zeit durch Schaarschmidt (die angebliche Schriftstellerei des Philolaos u s. w. 1864) angefochten worden, und Rothenbücher (das System der Pythagoreer nach den Angaben des Aristoteles 1867) sieht sie bereits als unecht erwiesen an, und die Schriften des Aristoteles bleiben ihm demnach die einzige zuverlässige Quelle.

[3]) S., abgesehen von den Fragmenten des Philolaos bei Boeckh, bes. Arist. de coelo II, 13 (Vol. III p. 67 Tauchn.); Euseb. praep. evang. XV. 57 und 58; Plut. de Plac. ph III. 9, 11, 13 (Vol. IX. p. 545 sqq. Reiske). — Vgl. Peschel, a. a. O., S. 32; Rothenbücher, a. a. O., S. 31 ff. — Gruppe, a. a. O., S. 58 ff., will eine ältere Centralfeuerlehre, in der die Gegenerde fehlt, annehmen, doch mangelt dazu jede geschichtliche Grundlage (vgl. Böckh, d. kosm. Syst. des Platon, S. 98). — Die Gegenerde, $\dot{\alpha}\nu\tau\dot{\iota}\chi\vartheta\omega\nu$, ist ein besonderer Planet von Kugelgestalt und weder „die von unserer Hemisphäre abgelöste und stets ihr parallel sich bewegende entgegengesetzte Halbkugel der Erde“, wie Brandis (a. a. O. I. S. 477 f.), indem er sich auf Plut. Plac. phil. III. 11 stützt, annimmt, noch auch die der unsrigen entgegengesetzte aber mit ihr zusammenhängende Halbkugel, wie Humboldt (Krit. Unters. etc I. S. 115; Kosmos II. S. 350; III. S. 425) unter Berufung auf Boeckh (Philolaos S. 102 und 115) meint. Indessen sind in Boeckh's neuerer Schrift (Untersuchungen über das kosm. System des Platon 1852) Erde und Gegenerde zwei getrennte Weltkörper, und er sagt, gegen die Behauptung Gruppe's sich richtend, S. 102: „die dem Centralfeuer zugewandte Seite der Erde ist nicht die südliche Halbkugel, noch die andere die nördliche“, sondern, da Erd- und Himmelsäquator in derselben Ebene liegen, begreifen „die dem Centralfeuer zugewandte Seite der Erde und die von ihm abgewandte . . . eine Hälfte der nördlichen und die entsprechende der südlichen Halbkugel der Erde“, und (S. 103) es ist „wahrscheinlich, dass die Pythagoreer die abgewandte, welche als die gekannte galt, als östliche ansahen, die zugewandte aber als westliche“, welche letztere in ewiges Dunkel oder Dämmerlicht gehüllt gedacht wurde, weil zwischen ihr und dem Centralfeuer sich stets die Gegenerde befand.

generde zwischen Erde und Centralfeuer sich befand, blieb den Augen der Menschen stets sowohl der Anblick der Gegenerde als auch des Centralfeuers entzogen, und nur der Abglanz desselben, die Sonne, beleuchtete und erwärmte die bewohnte Erdhälfte[1]).

Während diese Lehre des Philolaos gewiss auch die der Pythagoreer seiner Zeit überhaupt war, sehen wir bei den jüngern Anhängern dieser Schule schon manche abweichenden Ansichten, indem einige mehrere Gegenerden annahmen oder den Mond als solchen bezeichneten, andere dagegen glaubten, die Erde dürfe ihre Stellung in der Mitte der Welt nicht aufgeben, und das Centralfeuer sei vielmehr die „von der Mitte der Erde aus wirkende Kraft der Bildung", welche die Erde erwärme und befruchte[2]).

Für unsern Zweck genügt, ohne auf das philolaische Weltsystem genauer einzugehen, die Erkenntniss, dass in der pythagoreischen Schule die Kugelgestalt der Erde[3]) wiederholt erörtert und als richtig angenommen wurde, wenn auch nicht mathematische Beweise, sondern nur „geometrische Schicklichkeitsgründe" und ein Spiel der Phantasie, welche die harmonischen Verhältnisse der Töne auf den Bau des Weltalls übertrug, dazu geführt hatten. Bei den Pythagoreern blieb die Lehre von der Kugelgestalt gewissermaassen als Dogma unangefochten, ja mehrere derselben gelangten bereits über die Achsendrehung der Erde und ihre translatorische Bewegung zu richtigen Ansichten, welche aber, da sie unbewiesen und nur als Hypothesen auftraten, ebenso schnell, wie sie auftauchten, auch wieder verschwanden, ohne mehr als eben nur ein flüchtig hingeworfener und rasch vergessener Gedanke zu sein. —

Wir kehren nun, um die Ansichten der Philosophen über die Erdgestalt weiter zu verfolgen, zum eigentlichen Griechenland zurück, wo eine neue Entwicklungsperiode der Philosophie mit Sokrates begonnen hatte.

Sokrates (geb. um 470 v. Chr.), der in jüngeren Jahren selbst der Naturphilosophie zugethan war[4]), konnte später, indem er alles Scheinwissen bekämpfte, allerdings von diesem Standpunkte aus mit Recht die Erdansichten der Ionier sowohl wie der Eleaten und Pythagoreer zurückweisen, welche keine

---

[1]) Vgl. noch Duncker, a. a. O. IV. S. 559 f., Roudolf, a. a. O. S. 15. — Eine Zeichnung, welche dieser Darstellung entspricht, s. bei Peschel, Rothenbücher und öfter. Eine abweichende Ansicht über die Stellung der Gegenerde spricht Schaarschmidt (a. a. O. S. 33 Not.) aus. — Es bedarf übrigens kaum des Hinweises, dass dies Philolaische Weltsystem durchaus kein heliocentrisches ist, wie allerdings Montucla, a. a. O., Weidler in s. Historia astronomiae (1741) und And. annehmen, und wie Boulliau meint, wenn er in seiner Astronomia Philolaica (1645) den Philolaos sogar alsBegründer der copernikanischen Weltlehre ansieht. Das schliesst nicht aus, dass sich Copernicus nicht auf Philolaos berufen konnte, der zuerst der Erde eine Bewegung um das Centralfeuer zugeschrieben habe. (S. das „Vorwort des Copernicus zu seinem Werke über die Umwälzungen der Himmelskörper" wieder abgedruckt in d. Aufsatze von Prove, „Ueber die Abhängigkeit des Copernicus von den Gedanken griechischer Philosophen und Astronomen" in d. Neuen preuss. Provinzialbl. III. Folge, Bd. X. 1865 S. 59 u. 65 ff.)

[2]) S. die betreffenden Stellen bei Brandis a. a. O. I., S. 474 und 477 f. und Peschel, a. a. O. S. 32 f. Vgl. Böckh, Philolaos S. 123 und kosm. Syst. des Platon S. 91. — Nach Gruppe, a. a. O. S. 130 ff., wäre bei den Neupythagoräern die Erde sogar als Hohlkugel angesehen, in deren Mitte das Centralfeuer sich befinde; und Gustav Hofmann, Vorstellungen der Alten von d. Unterwelt u. s. w. S. 15, stellt in Folge unrichtiger Deutung des $\mu\acute{\varepsilon}\sigma o\nu$ in der Stelle des Aristoteles de Coel. II. 13, 1 (Vol. III. p. 67 Tauchn.), auf die er sich beruft, die neue und befremdende und zugleich anachronistische Vermuthung auf, es sei bereits des Pindar „Annahme einer eigenen unterirdischen Sonne", welche den Seligen leuchte, „eine Vorstellung, die ohne Zweifel von den Pythagoreern, welche sich eine Centralsonne in der Mitte der Erde dachten, entlehnt ist."

[3]) In ihren Speculationen über die Materie führten sie die Grundstoffe auf die regulären Körper zurück und legten der Erde als Elementarform den Würfel bei, auf welche Gestalt alle erdartigen Körper zurückgehen sollten. Aber dem Erdganzen schrieben sie wie auch den Gestirnen die sphärische Gestalt zu. (Brandis a. a. O. I. S. 490).

[4]) Xenoph. Memor. IV. 7, 7; Plat. Phaed. p. 97 B f., wobei bes. zu vgl. Susemihl, Platonische Forschungen IV. (Philol. XX.) S. 230 ff.

wirklichen Gründe für ihre Behauptungen betreffs der Erdgestalt anführen konnten, ging aber in seiner Abneigung gegen die Sophisten und gegen die mechanische Methode der Physik, die aller teleologischen Beziehung entbehre, zu weit, rieth seinen Schülern vom Studium der Astronomie ab[1]) und blieb vielmehr der religiösen Tradition treu[2]), welche noch Sonne und Mond als persönliche Götter ansah und die Behauptungen der Kosmologen über die Himmelskörper und ihre Erscheinungen verdammte[3]), und folgte auch in Betreff der Erdgestalt dem allgemeinen Volksglauben, welcher das Gewölbe des Himmels am Erdrande endigen liess oder allenfalls sich die Erde als Scheibe in der Mitte des Weltenraumes schwebend dachte[4]).

Platon's (427—347 v. Chr.) Ansicht über die Gestalt der Erde und ihre Weltstellung scheint mehrfach geschwankt zu haben[5]). Indem er bestrebt zu sein scheint, die erweiterten geographischen Kenntnisse und die Lehren der Mathematiker mit den überlieferten Mythen und den Speculationen der Philosophen in Einklang zu bringen, aber dem Wissen der Physik nur Wahrscheinlichkeit beilegt, ohne der vollen Wahrheit seiner eigenen philosophischen Schlüsse zu misstrauen, entwirft er uns im „Phaedon“[6]) ein buntes Phantasiegemälde der Erdoberfläche, welches der Wirklichkeit wenig entspricht, und setzt die Erde selbst als Scheibe[7]) voraus, die er aus ähnlichen Gründen wie einst Anaximander in der Mitte der Welt ruhen lässt: während er dagegen seine späteren Ansichten über den Weltenbau im „Staat“[8]) als

---

[1]) Xenoph. Mem. IV. 7, 2 ff.

[2]) Daher spottet Sokrates (Plat. Phaedr. p. 229 C) über die σοφοί und ihre allegorische Auslegung der Mythen, womit namentlich die Naturphilosophen Anaximander, Xenophanes, Demokrit und mehrere andere, vor Allem aber Anaxagoras, dessen Name fast sprichwörtlich geworden war, gemeint sind; s. Lobeck Aglaophamus 1829 p. 155 ff, bes. 157. — Vgl. Euseb., Praep. evang. XV. 62, 6.

[3]) Plat. Apol. Socr. p. 26 C u. D); Plat. Phaedr. p 229 C u. andere Stellen. — Vgl. Grote a. a. O. I. S. 276 f. u. 351 ff.

[4]) Vgl. Plat. Phaed. p. 97 D, wozu von Neuem (s. oben S. 12 Note 4) bemerkt sei, dass στρογγύλος von einer jeden Krümmung, nicht etwa bloss von der einer Kugel, gilt und sogar von Platon (Parmen. p. 145 B) auch einfach in der Bedeutung „krumm“ dem „gerade“ (εὐθύς) entgegengesetzt wird; auf ähnliche Weise stehen στρογγύλος und εὐθύς auch Parmen. p. 137 E, Meno 74 D und 75 E bei einander.

[5]) Gruppe, im 2. Abschn. des genannten Werkes, glaubt 5 verschiedene kosmische Systeme Platon's nachweisen zu können, während dagegen Boeckh (Unters. üb. d. kosm. System des Platon, 1852 S. 84 ff.) „in allen Schriften des Platon dasselbe geocentrische System ohne Axendrehung der Erde“ findet. Vgl. auch d. folgd. Note.

[6]) Phaed. p. 108 C — 113. Ueber die im Phaedon ausgesprochenen Erdansichten sagt Stallbaum (Proleg. ad Phaed. ed. IV. cur. Wohlrab 1866 p. 55): „In ceteris autem descriptionis suae partibus physicorum et Pythagoricorum placita promiscue ad rem suam traduxisse videtur. Ita quod terram rotundam in medio mundo locavit eamque ab omni sua parte versus centrum suum vergentem fecit, in posteriore sententiae parte secutus est Anaximandrum, in priore opinione etiam duces habuit Pythagoreos, quos terram globosam esse voluisse constat.“

[7]) Aus den Worten der in Rede stehenden Stelle des Phaedon (p. 108 E) [ἡ γῆ] „εἰ ἔστιν ἐν μέσῳ τῷ οὐρανῷ περιφερὴς οὖσα“ folgert Stallbaum (in sr. Ausgabe v. Platon's Timaeos S. 171 Note), dass Platon die Erde für kugelförmig („terram globosam“) erkläre, und ebenso Gruppe (a. a. O. S. 24), während doch περιφερής zunächst nur die Bedeutung kreisförmig („orbicularis, rotundus“, Steph. Thes. VI col. 967) hat und z. B. von der runden Gestalt eines Schildes, eines Ringes, eines Blattes gilt. Auch Steinhart in d. Einleit. zum Phädon (Platon's Werke, übers. v. Hieron. Müller, IV. S. 452) sagt, dass hier dem Platon die Erde eine Kugel ist, und Müller a. a. O. S. 576 Not. 57) fügt hinzu: „Die Erde dachte er sich offenbar, wenn auch nicht als Kugel, doch von einer kugelähnlichen Gestalt“. — Dagegen beweist Schaubach (a. a. O. S. 237—249) ausführlich, dass sich aus der hier besprochenen Stelle des Phaedon schwerlich die Kugelgestalt der Erde ableiten lasse, zumal da der Okeanos auch hier noch als „der grösste und zu äusserst im Kreise rings herum strömende Fluss (Phaed. p. 112 E) genannt wird. Das deutet weit eher die Kreisscheibe an, wie auch Platon an einer andern Stelle (de republ. p. 427 C) noch Delphi als im Mittelpunkt der Erde, „ἐν μέσῳ τῆς γῆς“ gelegen nennt.

poetisches Traumbild darstellt und im „Timäos" [1]) ausführlicher entwickelt, wobei er für die Erde die Annahme der Würfelgestalt [2]) macht. „Zwar scheint Platon wohl bemerkt zu haben, dass die Erscheinungen mit seinem astronomischen System nicht genau übereinstimmen, aber statt eine ihm unmögliche astronomische Lösung zu geben, zerhaut er den Knoten durch eine speculative Voraussetzung" [3]), während dagegen später Hipparch das von Platon gestellte astronomische „Problem" [4]) statt durch metaphysische Gründe durch Combination der Geometrie mit sorgfältigen Beobachtungen auf eine so ausgezeichnete Weise löste, dass sein Weltsystem für mehr als ein Jahrtausend das herrschende blieb. Am wahrscheinlichsten ist wohl, dass Platon die Erde für eine Kreisscheibe hielt [5]); aber, obwohl ohne Zweifel die Gestalt unseres Weltkörpers eine in jener Zeit vielfach aufgeworfene Frage war, obwohl Platon namentlich auch die besonders von den Pythagoreern behauptete Kugelform derselben sicher oft in den Unterredungen mit seinen Schülern erörterte, wird doch in seinen Schriften stets nur in vieldeutigen Ausdrücken darüber gesprochen, niemals mit klaren und bestimmten Worten.

Unter Platon's Schülern und Nachfolgern im Lehramte sehen wir zwar die meisten allein der weiteren Entwicklung und Umbildung der philosophischen Lehren Platon's zugewendet, einige aber mit streng mathematischer und astronomischer Forschung beschäftigt, so dass endlich die Gestalt der Erde über allen Zweifel erhoben wurde. Namentlich trug dazu der durch seine Leistungen im Gebiete der Astronomie ausgezeichnete Eudoxos von Knidos (geb. um 408 v. Chr.) [6]) bei, welcher, ein Feind aller sophistischen Speculation [7]), nur bemüht war, durch genaue Beobachtungen zur Erkenntniss der astrono-

---

[*] (Z. vorig. S.) Plat. de Republ. p. 614 ff.

[1] Plat. Tim. p 36 ff., p. 55 ff.

[2] „$\Gamma\tilde{\eta}$ μὲν δὴ τὸ κυβικὸν εἶδος δῶμεν", Plat. Tim. p. 55 D. Hierüber äussert sich Forbiger (a. a. O. I. S. 161): „Es scheint, als habe Platon, mit den Pythagoreern übereinstimmend, die Erde für eine Kugel gehalten, die sich durch Umwälzung aus mehreren Würfeln bilde". Indessen nehmen — und mit Recht — Tiedemann (Geist der specul. Philos. 1791 I. 121), Schaubach (a. a. O. S. 231 ff.), Muncke (in Gehler's phys. Wörterb. III. S. 833 f.) nach sorgfältiger Prüfung an, dass an der genannten Stelle Platon der Erde nicht bloss als Elementarform sondern auch als Erdganzem die Gestalt eines Würfels zuschreibe; und dass die Erde von Philosophen auch für würfelförmig erklärt worden sei, berichtet ausdrücklich Kleomedes (Cycl. theor. I. 8: p. 51 ed. Bake): „Ἄλλοι δὲ κυβοειδῆ καὶ τετράγωνον εἶναι αὐτὴν [τὴν γῆν] ἀπεφήναντο· τινὲς δὲ πυραμοειδῆ".

[3] Zeller bei Susemihl im Philol. XV. S. 426.

[4] Whewell, a. a. O. I. S. 137 ff.

[5] Müller (a. a. O.) vindicirt ihm die Behauptung wenigstens einer kugelähnlichen Form. Brandis, Ueberweg lassen Platon's Ansicht über die Gestalt der Erde unerwähnt, und auch Susemihl, der gelehrte Kenner Platon's, berührt in sr. Abhandlung: „Zur platonischen Eschatologie und Astronomie" (im Philol. XV S. 417 ff.), in der er das im Timaeos dargestellte Weltsystem einer eingehenden Untersuchung unterwirft, diesen Punkt nicht, vermuthlich weil sie die Kugelgestalt als selbstverständlich vorausgesetzt haben. Forbiger (a. a. O. I. S. 161) u. Oettinger (in Pauly's Realencycl. III. S. 722) meinen, dass Platon diese Form angenommen zu haben „scheine", Steinhart (Einl. z. Phaedon a. a. O. S. 452), Boeckh (in s. „Kosm. Syst. des Platon") bezweifeln das nicht im Geringsten, und Gruppe nimmt es in den verschiedenen Standpunkten der Platonischen Kosmologie mit Ausnahme des ersten im Phaedros dargestellten, wo die Erde noch Scheibe sei und von der krystallenen Himmelsglocke überspannt werde, als ausgemacht an. Aber Platon nennt sie weder irgendwo kugelförmig ($\sigma\varphi\alpha\iota\rho o\epsilon\iota\delta\dot{\eta}\varsigma$), noch kann aus Analogie von der sphärischen Gestalt der Gestirne auf die Kugelform der Erde geschlossen werden, da ihm die Erde ausdrücklich kein Gestirn ist. (Boeckh, a. a. O. S. 59 u. 73.) Seine Schilderungen lassen sich am besten mit der Scheibengestalt vereinigen.

[6] Dass die diesem Astronomen Eudoxos gewöhnlich zugeschriebene γῆς περίοδος nicht von ihm herrühre, sondern „dass um 260 v. Chr. ein knidischer Geograph Eudoxos eine Erdbeschreibung unter dem Titel γῆς περίοδος verfasst habe", macht H. Brandes (Ueber das Zeitalter des Geographen Eudoxos und des Astronomen Geminos, 1865) sehr wahrscheinlich.

[7] Diog. Laert. VIII. 8, 86, p. 225 Didot u. Cic. De divin. II. 42, 87.

mischen Erscheinungen zu gelangen, und der wohl durch die verschiedenen Polhöhen, die er auf seinen weiten Reisen zu beobachten Gelegenheit hatte, zu der Ueberzeugung einer Krümmung der Erdoberfläche geführt wurde und die Kugelform derselben, wenn auch nur vermuthungsweise, annahm[1]), bis endlich Aristoteles diese nicht nur voraussetzte, sondern auch streng bewies.

3) Die richtige Erkenntniss der Erdgestalt durch Aristoteles und seine Zeitgenossen.

Seit Herodot waren die Bereicherungen der Geographie zunächst nur gering gewesen und betrafen besonders die genauere Erforschung des schon einigermaassen Bekannten: da eröffneten wie mit einem Schlage die Feldzüge Alexanders des Grossen und seiner Nachfolger ein neues reiches Gebiet, eine ganze Reihe gelehrter Männer widmete sich der Erforschung neu erschlossener Länder oder wagte Entdeckungsreisen in fremde Meere, und jetzt erst begann, indem man die gewonnenen geographischen Kenntnisse mit Sorgfalt sammelte und ordnete, eine eigentlich wissenschaftliche Erdkunde. Der mathematischen Geographie gab vor Allen Aristoteles (384—322 v. Chr.) den Anstoss zur weiteren Entwicklung, indem er klar und bündig behauptete, die Erde müsse nothwendig eine Kugel sein[2]), wobei er auf die Gestalt des Erdschattens bei Mondfinsternissen[3]), sowie auf die verschiedene Höhe der Sterne unter andern Breiten und den veränderlichen Horizont hinwies[4]) und endlich die Kugel für die einzige Gleichgewichtslage schwerer Theilchen um einen Mittelpunkt erklärte[5]). Nach dieser Anerkennung der Kugelgestalt ergaben sich nun leicht die Schlüsse, dass die bekannte Ländermasse nicht nur eine grosse Insel im Weltmeer sei, wie schon Herodot gesagt hatte, sondern dass es auch noch andere Weltinseln geben könne[6]), und dass man von den Säulen des Herakles durch westliche Fahrt über das atlantische Meer nach dem Osten, nach dem nicht fernen Indien, gelangen würde[7]).

Nun zweifelte kein Geograph von Fach mehr an der Kugelgestalt der Erde, Heraklides der Pontiker, Philippos der Opuntier, beide des Aristoteles Mitschüler bei Platon, lehrten dieselbe in ihren

---

[1]) Bestimmte Nachrichten über die Ansicht des Eudoxos fehlen uns, und es ist allerdings auffällend, dass Aratos in seinem bekannten Lehrgedichte, in dessen astronomischem Theile „er vorzüglich dem damals namhaftesten Astronomen Eudoxos folgt" (Bernhardy, Grundr. der Gr. Lit. 1859 II. 2, S. 631), niemals die sphärische Gestalt der Erde erwähnt, im Gegentheil sich an die homerische Vorstellung zu halten scheint und an den die Erde umströmenden Okeanos, der ihm nicht bloss synonym mit dem von ihm noch nicht ὁρίζων genannten Horizont ist (dies Wort findet sich erst bei Autolykos und Euklid, die die Kugelgestalt der Erde durchaus anerkennen), woraus Schaubach (a. a. O. S. 251 ff. u. 341) folgert, dass Aratos diese Ansicht in dem ihm vorliegenden Werke des Eudoxos gefunden haben müsse. Doch lässt sich andrerseits gewiss annehmen, dass Eudoxos durch seine astronomischen Beobachtungen zur Erkenntniss der Kugelgestalt geführt wurde, ja dass er wohl schon bemüht war, ihre Grösse durch Schätzung zu bestimmen. Denn an Eudoxos und vielleicht noch an Kallippos und Philippos den Opuntier, an Niemanden sonst, können wir denken, wenn sich Aristoteles (de Coelo II. 14, 15; Vol. III. p. 80 Tauchn.) auf die Mathematiker seiner Zeit beruft, welche den Erdumfang zu schätzen versucht hätten.

[2]) „Σχῆμα δὲ ἔχειν σφαιροειδὲς ἀναγκαῖον αὐτὴν [τὴν γῆν]", Arist. de Coelo II. 14, 8. (Vol. III. p. 78 Tauchn.)

[3]) Arist. de Coelo II. 14, 13 (Vol. III. p. 79). Vgl. Strehlke, Ueber einige die Gestalt der Erde betreffende Stellen bei Aristoteles und Tacitus (Festschr. der Petrisch. in Danzig z. Begrüss. des Danz. Gymn. 1858) S. 6.

[4]) Arist. de Coel. II. 14, 14 (Vol. III. p. 80); Meteorol. II. 7 (Vol. IV. p. 73).

[5]) Arist. de Coel. II. 14, 8 sqq. (Vol. III. p. 78). — Die andern Gründe beweisen eigentlich nur überhaupt die Krümmung der Erdoberfläche, obwohl sie auch jetzt noch als populäre Beweise für die Kugelform der Erde vorgetragen zu werden pflegen. Der letzte, aus dem Gesetz der Schwere abgeleitete Beweis für die Kugelgestalt ist streng richtig, also nicht „speculativen Gründen, die für uns nicht mehr von Gewicht sein können", beizuzählen.

[6]) Arist. Meteor. I. 14 (Vol. IV. p. 35 sqq.).

[7]) Arist. de Coelo II. 14, 15 (Vol. III. p. 80); Meteor. II. 5 (Vol. IV. p. 66).

Schriften, Dikaearchos aus Messana, der Schüler des Aristoteles, stützte dieselbe durch weitere astronomische Gründe[1]) und ersetzte die damaligen Landkarten[2]), auf denen der bewohnte Theil der Erde noch in Kreisform dargestellt war, durch bessere Welttafeln, welche Theophrastos in einer Säulenhalle öffentlich aufhängen liess[3]): kurz die Lehre von der sphärischen Gestalt unseres Weltkörpers, welche auch von den Stoikern anerkannt wurde, verbreitete sich in Griechenland mehr und mehr. Nur bei Epikur und seiner Schule fand sie keine Annahme, indem diese, wie sie überhaupt in ihrer Naturlehre dem Demokrit folgten, auch dessen Ansicht von der inmitten des Weltalls ruhenden Erdscheibe zu der ihrigen machten.

4) Grössen-Bestimmung der Erdkugel durch Schätzungen und durch die Gradmessung des Eratosthenes.

Nachdem für die wissenschaftliche Welt die Gestalt der Erde entschieden war, musste man nun auch bestrebt sein, ihre Grösse kennen zu lernen. Man hatte bereits mehrere Angaben über dieselbe, welche theils als blosse Muthmassungen anzusehen waren, theils auf unsicheren Schätzungen oder Berechnungen beruhten.

An die Darstellungen Homer's und der epischen Dichter lässt sich keine sichere Grössenberechnung knüpfen[4]) und eben so wenig an die Scheibengestalt der ionischen Kosmologen[5]), und erst bei Herodot begegnen wir einigen bestimmten Angaben über Entfernungen und Ortslagen, so dass aus diesen sich allenfalls die Längenausdehnung der bewohnten Erde zu 37—40000 Stadien herausrechnen lässt[6]). Eudoxos ist vielleicht der erste, welcher versuchte, durch seine astronomischen Beobachtungen zu einer Schätzung der Grösse der Erdkugel zu gelangen[7]), und unter den vielen Schriften des Philippos

---

[1]) Martianus Capella p. 192 Grotius (p. 199 ed. Eyssenhardt).

[2]) Arist. Meteor. II. 5 (Vol. IV. p. 66). Vgl. Lelewel (Pytheas und die Geographie seiner Zeit, deutsch von S. F. W. Hoffmann 1838 S. 66 ff.)

[3]) Vgl. Cic. ad Att. II. 2; VI. 2; Diogenes Laert. V. 2, 51 (p. 122 Didot). Diese letztere Stelle, im Testamente des Theophrast, geht wahrscheinlich auf die Erdtafeln („πίναχες, ἐν οἷς αἱ τῆς γῆς περίοδοί εἰσιν") des Dikaearch.

[4]) Lelewel (a. a. O. S. 51) glaubt für die ost-westliche Ausdehnung des Festlandes nach Homer einen Durchmesser von 20000 Stadien berechnen zu können.

[5]) Da man bei Homer 9 Tage gebrauche, um in den Tartarus zu gelangen, will Lelewel (a. a. O.) die Dicke der Erdscheibe zu 10000 Stadien, folglich den Durchmesser der Kreisfläche bei Anaximander zu 30000 Stadien berechnen. Diese gleiche Zahl findet er auch für „die Reisekarte, welche 50 Jahre später Aristagoras in Sparta zeigte". Bei Demokrit hat die bewohnte Erde ein Verhältniss der Breite zur Länge wie 2 : 3, und „sonach steigt die Länge, weil die Breite auf 30000 Stadien geschätzt war, bis auf 45000 Stadien".

[6]) Reinganum a. a. O. S. 132; Forbiger a. a. O. I. S. 541.

[7]) Lelewel (a. a. O. S. 54 f.) sagt: „Die Quellen dieser Schätzung aufzufinden ist sehr leicht; sie ruht auf geographischen Ueberlieferungen, wie sie hier folgen:

Aegypten, nach Herodot	Stadien 7900	$7\frac{2}{3}^0$
Die Fahrt bis Kreta, nach homerischer Tradition	„ 5000	
„ „ „ Troja, nach Homer	„ 7000	$13\frac{1}{3}^0$
„ „ „ Byzanz	„ 2800	
Pontos Euxinos, nach Herodot's Angabe	„ 3300	3^0
Skythien, nach Herodot	„ 4000	$3\frac{1}{2}^0$
Gesammtsumme Stadien	30000	$27\frac{1}{2}^0$ "

U. s. w. Daraus würde man $1090\frac{10}{11}$ Stadien auf einen Grad, mithin ein Erdumfang von $392727\frac{3}{11}$ Stadien oder „gegen 400000 Stadien", wie Aristoteles als Schätzung der Mathematiker seiner Zeit angiebt, erhalten. Durch eine

aus Opus wird uns auch eine genannt, welche wohl ebenfalls dieses Thema behandelte[1]), so dass Aristoteles[2]), gegenüber der übertriebenen Voraussetzung von der Grösse der Erde bei Platon[3]) sagen konnte, die Erdkugel sei im Vergleich mit den andern Gestirnen garnicht gross, da die Mathematiker[4]), welche den Erdumfang zu schätzen versuchen, denselben auf ungefähr 400,000 Stadien angeben. Ueberhaupt wird der Wunsch, den Umfang der Erdkugel kennen zu lernen, gewiss oft die Geographen jener Zeit veranlasst haben, eine derartige Bestimmung zu versuchen, wie man z. B. aus den erhaltenen Nachrichten über Pytheas, diesen weitgereisten und kenntnissreichen aber im Alterthum oft verkannten Geographen, eine von ihm gemachte Annahme des Erdumfangs von 216,000 Stadien herausrechnen zu können glaubt, die sich dem wahren Werthe, wenn auch durch Zufall, bedeutend nähern würde[5]).

Natürlich hatte Archimedes, der geniale Begründer der Mechanik, die Erde als Kugel anerkannt; er bewies diese Gestalt aus den Gesetzen des Gleichgewichts, namentlich auch für die flüssige Oberfläche des Erdballs[6]), unternahm aber selbst keine Grössenbestimmung, sondern giebt nur an, dass von Einigen eine Schätzung des Erdumfangs auf 300,000 Stadien versucht sei[7]). Von wem dieselbe herrühre, ob etwa von seinem als Astronomen berühmten Zeitgenossen Aristarch von Samos (um 260 v. Chr.), der bereits die Bewegung der rotirenden Erde um die feststehende Sonne als eine mögliche Vor-

derartige Rechnung, worüber wir übrigens in den Schriften des Alterthums nichts Genaueres erfahren, mag allerdings vielleicht Eudoxos zu seiner Zahlenbestimmung gelangt sein. Er kannte aber die Eintheilung in Grade noch nicht, musste also statt jener von Lelewel gegebenen Gradangaben in Bruchtheilen des grössten Kugelkreises, wie es überhaupt geschah, jene Grössen ausgedrückt haben.

[1]) Ueber den Inhalt dieser Schrift περὶ μεγέθους ἡλίου καὶ σελήνης καὶ γῆς, welche Suidas in s. Lexikon (ed. Gaisford col. 3805) s. v. Φιλόσοφος (damit ist bei ihm Philippos aus Opus gemeint) von ihm anführt, ist nichts Sicheres bekannt. — Vielleicht hat auch Archytas von Tarent (nach Horat. Od. I. 28 ini*) den Versuch einer Erdmessung gemacht.

[2]) Arist. de Coel. II. 14, 16 (Vol. III. p. 80).

[3]) Plat. Tim. p 24 E sq.; Phaed. p. 109 sqq.

[4]) „En matière d'astronomie, Aristote [Metaphys. XI. 8] suit les doctrines d'Eudoxe et de Callippe. C'est probablement d'eux, et c'est certainement de mathématiciens grecs contemporains, qu'Aristote [de Coel. II. 14. 16] parle". Martin, Examen etc. p. 50. — Diese Schätzung ist weder, wie Humboldt (Krit. Unters. u. s. w. I. S. 521) mit Ideler muthmasst, dem Anaximander entlehnt, da dieser die Erde noch nicht als Kugel kannte, noch rührt sie von den Indern her (vgl. Martin, a. a. O. S. 69), wie man hat annehmen wollen, noch kann dem Aristoteles „solche Schätzung von Babylon aus leicht zugekommen sein", wie Wittich (im Philol. XXIV. 1866 S. 591) für „nicht unwahrscheinlich" hält. Die Babylonier hielten selbst noch zu Diodor's Zeiten die Erde für einen muldenartig vertieften Körper, „λέγοντες ὑπάρχειν αὐτὴν [τὴν γῆν] σκαφοειδῆ καὶ κοίλην" (Diod. Sic. II., 31; Tom. I. p. 173 Bekker), also durchaus nicht für eine Kugel, konnten also auch keine Schätzung ihres Umfangs versuchen. Die ihnen auch wohl zugeschriebene Angabe der Grösse des Erdumfangs auf 180,000 Stadien rührt erst aus viel späterer Zeit her und ist wahrscheinlich erst dem Almagest des Ptolemaeus entnommen (s. Posch, Gesch. u. Syst. der Breitengrad-Messungen, 1860 S. 3). Natürlich können wir noch weniger die Angaben französischer Gelehrten gelten lassen, die jene Zahl als das Resultat genauer Erdmessung des hypothetischen Urvolkes inner-asiens ansehen.

[5]) Lelewel a. a. O. S. 57 ff., 73 ff. In der That giebt nach Posch (a. a. O. S. 27) „die Bessel'sche Angabe der Erdgrösse rückwärts reducirt..... für den ganzen Umfang der Erde 216,000 olymp. Stadien." Peschel giebt (a. a. O. S. 41) 300,000 Stadien als Schätzung des Pytheas ohne Begründung an. Jedenfalls war die von Pytheas gegebene Zahl nur eine Annahme, und „wir haben kein Recht, dem Pytheas die Ehre einer bestimmten Messung zuzuschreiben" (Lelewel).

[6]) Strabo p. 54 Casaub. (p. 76 sq. Meineke).

[7]) Archimedes im Anf. seiner Sandesrechnung (Ψαμμίτης). Vgl. hierüber u. üb. das Folgende ausser Martin (a. a. O) besond. Abendroth, Darstellung u. Kritik der ältesten Gradmessungen (Progr. des Gymnas. z. heil. Kreuz in Dresden 1866).

aussetzung aussprach, lässt sich nicht entscheiden: eher ist man im Stande, aus den sehr unkritischen Nachrichten des Kleomedes [1] die Methode anzugeben, die vielleicht zu jener Bestimmung geführt hat.

Erst als Aristarch durch Erfindung des Skaphiums, eines Gnomous in einer hohlen Halbkugel, eine genauere Ermittelung derSonnenhöhe möglich gemacht hatte, unternahm Eratosthenes eine wirkliche Gradmessung zur Bestimmung der Grösse des Erdumfangs.

Eratosthenes (276—195 v. Chr.), der berühmte Universalgeograph in Alexandrien, kannte aus der Vermessung des Landes durch die königlichen Geometer die Länge des Nillaufes von Syene bis zum Meere zu 5300 Stadien und rechnete daher, indem er 300 Stadien für die Krümmungen des Flusses in Abzug brachte, die Entfernung zwischen Syene und Alexandrien, die als auf demselben Meridian liegend angenommen wurden, zu 5000 Stadien [2]. Da er nun den Bogen zwischen beiden Orten zu $\frac{1}{50}$ des grössten Kreises der Erde bestimmte, so ergab sich ihm der Erdumfang zu 250,000 Stadien [3]. Später ist diese Zahl, wahrscheinlich von Hipparch, auf 252,000 Stadien erhöht worden, um genau 700 Stadien auf einen Grad rechnen zu können [4]. Mit Recht ist diese Gradmessung des Eratosthenes schon im

---

[1] Cleom. cycl. theor. I. 8 p. 42 Balf., p. 53 Bake). Vgl. dazn Letronne, Untersuchung über die Erdmessungen der Alten u. s. w. (zusammen mit Lelewel's Pytheas übersetzt von Hoffmann 1836) S. 117 ff. und dagegen Martin, in seinem Examen critique jener Abhandlung Letronne's, p. 51 ff.; auch Abendroth a. a. O. S. 14. — Kleomedes benutzt die Daten der genannten Bestimmung des Erdumfangs, die ihm vorgelegen zu haben scheint, als Beispiel, um den Beweis der Kugelgestalt der Erde damit zu führen, wendet aber eine Schlussfolgerung an, die garnicht beweist, was sie beweisen soll.

[2] Strabo p. 786 Cas., p. 1096 Meineke; Martianus Cap. p. 194 Grot., p. 202 Eyssenhardt. Vgl. Abendroth a. a. O. S. 29. — Nach Wittich, Metrol. Beitr. III. (Philol. XXVI. p. 642 ff.) hatte Eratosthenes sich diese 5000 Stadien aus den 7920 des Herodot (II. 9) abgeleitet.

[3] Dieses durchaus correcte Verfahren des Eratosthenes theilt nur Kleomedes (im 2. Jahrh. n. Chr. oder vielleicht noch später lebend) in seiner Κυκλικὴ Θεωρία μετεώρων I. 10, p. 52 sqq. Balfore, p. 65 sqq. ed. Bake mit und führt den daraus abgeleiteten Erdumfang von 250,000 Stadien auch noch II. 1 p. 43 und p. 74 (p. 91 Bake), II. 1 p. 83 (p. 103 Bake) an, und nur in II. 1 p. 80 (p. 99 Bake) heisst es nach der Ed. pr.: „ἐπεὶ οὖν ἡ γῆ πέντε καὶ εἴκοσι μυριάδων καὶ σταδίων τεσσαράκοντα κατὰ τὴν Ἐρατοσθένους ἔφοδον“; während die Ausgabe von Bake die Worte καί und τεσσαράκοντα fortlässt, da sie in 4 Handschriften fehlen, und so die Uebereinstimmung mit den andern Stellen des Kleomedes herstellt, verbessert man gewöhnlich mit Letronne (s. a. a. O. bes. S. 113 f.) jene Zahl auf 252,000 und stimmt so mit den meisten Angaben des Alterthums überein, die dem Eratosthenes eine Messung auf 252,000 Stadien zuschreiben. Vgl. auch Abendroth, a. a. O. S. 36 f.

[4] Gleicher Ansicht ist Abendroth, a. a. O. S. 37. — Da man zur Zeit des Eratosthenes den Kreis noch in 60 Abschnitte theilte und erst Hipparch die Eintheilung in 360 Grade einführte, (vgl. Strabo p. 132 C., p. 177 M.), so kann der Grund, auf 1 Grad 700 Stadien rechnen zu können, wohl nur den Hipparch zu jener Erhöhung bestimmt haben; oder Eratosthenes hat auf $\frac{1}{60}$ des Kreises lieber in runder Summe 4200 statt $4166\frac{2}{3}$ Stadien rechnen wollen, wie Posch a. a. O. S. 8 ff. in der That dem Eratosthenes selbst jene Erhöhung zuschreibt. Die Behauptungen, welche Meyer, Kosmische Messungen (Progr. d. Gymn. z. Bunzlau 1868) S. 38 Note 85 u. 86, von Letronne und von Sprenger mittheilt, dürfen wohl als widerlegt angesehen werden. — Ausser Kleomedes, der richtig 250,000 Stadien als Resultat der Messung des Eratosthenes angiebt, nennen diese Zahl (nach Posch, a. a. O. S. 12) Arrianus bei Joannes Philoponus (ad Aristot. meteor. p. 79a) und der Verfasser der kleinen Schrift in Arati phaenomena (Petav. Uranol. p. 144): alle andern griechischen und lateinischen Autoren, welche die Messung erwähnen, haben die Zahl 252,000 als Ergebniss derselben überliefert, so Strabo p. 113 C. (151 M.) u. 132 C. (177 M.); Marcian. Cap. p. 194 Grot. (p. 201 Eyss.); Vitruv. I. 6; Marcian. Heracl. Peripl. I. 4 (Geogr. graec. min. ed. Müller I. p. 519, wo eine andere Leseart 259,200 Stadien giebt und eine damit übereinstimmende Messung eines Dionysius erwähnt wird, der vielleicht (?), nach Müller, a. a. O. Note, derselbe mit dem bei Plinius II. 109 genannten Dionysodorus ist); Plin. Nat. Hist. II. 108 (Vol. I. p. 121 ed. Janus); Gemin. Isag. c. 13; Agathem. II. 1; Macrob. Somn. Scip. I. 20 u. And. — Wie bei diesen Schriftstellern 252,000 Stadien als Angabe des Eratosthenes angenommen werden, so auch u. A. bei Forbiger (a. a. O. S. 180 ff.), dem zufolge „der Vorwurf der Bequemlichkeit nicht sowohl

Alterthum berühmt geworden, von der Plinius sagt, sie sei ein kühnes Wagestück, das durch so feine und scharfsinnige Beweise unterstützt sei, dass man sich schämen müsste, ihr keinen Glauben beizumessen [1]. Wenn sie bei den unvermeidlichen Beobachtungsfehlern auch nicht genau sein konnte, wenn wir auch ihr Resultat wegen der Unsicherheit über die Grösse des dabei angewendeten Stadiums nicht genau in unseren Maassen auszudrücken vermögen, so behält sie ihren Hauptwerth doch durch das richtig angewendete Princip, wodurch sie, die einzige wirkliche Gradmessung des Alterthums, das Vorbild der späteren ähnlichen Messungen geworden ist.

Durch diese Gradmessung, sowie durch sein grosses, alle damaligen geographischen Kenntnisse umfassendes Werk und durch verbesserte auf ein Gradnetz bezogene Landkarten wurde Eratosthenes der Schöpfer einer neuen Phase der wissenschaftlichen Erdkunde und bald nach ihm Hipparch (zwischen 160—125 v. Chr.) der Begründer der wahrhaft wissenschaftlichen Astronomie. Dieser ausgezeichnete Astronom trug durch seine Bestätigung [2] der Richtigkeit der Gradmessung des Eratosthenes zur Begründung der Kugelgestalt der Erde und Erkenntniss ihrer Grösse wesentlich bei, so dass sich in dieser Hinsicht die richtige Ansicht immer mehr Bahn brach und von Alexandrien, dem damaligen Weltmittelpunkte des wissenschaftlichen Lebens, weite Verbreitung und Anerkennung überall dort fand, wo griechische Wissenschaft gepflegt wurde. Ja Seleukos, der Chaldäer, aus dem durch griechische Cultur rasch emporblühenden Seleukeia am Tigris, in der Mitte des 2. Jahrhunderts v. Chr. [3], soll nicht bloss die Kugelgestalt der Erde anerkannt, sondern, die Vermuthung Aristarch's wiederholend, bereits die Bewegung der rotirenden Erde in einem schiefen Kreise um die Sonne gelehrt und bewiesen haben.

Doch zweier Männer, ebenfalls asiatischem Boden entsprossen und durch ihre vielseitige philosophische Bildung ausgezeichnete Führer der stoischen Schule, haben wir hier noch zu gedenken, des Krates und Posidonios. Der erstere Krates von Mallos, in der Mitte des 2. Jahrh. v. Chr., durch dessen umfassende Gelehrsamkeit die pergamenische Schule zu grossem Rufe gelangte, that einen wichtigen Schritt weiter in der Erkenntniss unseres Weltkörpers, indem er den ersten künstlichen Erdglobus verfertigte [4], auf dem allerdings noch manche hypothetische Ländermasse ihren Platz fand [5]. Der andere der genannten Stoiker Posidonios aus Apamea (134—60 v. Chr.), dessen Umgang Cicero und Pompejus hochschätzten, verfasste unter seinen zahlreichen Schriften deren zwei, in welchen der Umfang der

den Eratosthenes als vielmehr den überhaupt nicht sehr zuverlässigen Kleomedes" trifft, der „die runde Summe von 250,000 Stadien nur dadurch herausgebracht, dass er 5000 mit 50 statt mit 50^{1}/$_{10}$", wie es das wirkliche Resultat der Messung des Eratosthenes sei, „multiplicirt habe". Eine gleiche Vermuthung spricht Oettinger aus in seiner inhaltreichen, auf sorgfältigem Quellenstudium fussenden Abhandlung über „die Vorstellungen der alten Griechen und Römer über die Erde als Himmelskörper", 1850 S. 103, die mir trotz langerer Bemühung leider erst zuging, als der Druck meiner vorliegenden Arbeit schon zu sehr vorgeschritten war, um sie nach Gebühr benutzen zu können. Um so mehr freue ich mich, in den meisten Punkten, namentlich auch in Betreff des Pythagoras und Platon, mich mit ihr in Uebereinstimmung zu sehen, während in Betreff des Parmenides die von der oben (S. 12 Note 4) ausgesprochenen Ansicht abweichende Darstellung (Oettinger, a. a. O. S. 42) mein Urtheil nicht abzuändern vermag.

[1] Plin. Nat. Hist. II. 108 (Vol. I. p. 121 ed. Janus).

[2] Strabo, der die Messung des Eratosthenes zu 252,000 Stadien angiebt, spricht wiederholt aus, dass Hipparch mit derselben übereinstimme, so p. 113 C., p. 151 M.; p. 132 C., p. 177 M. Demnach ist des Plinius (Nat. Hist. II. 108; Vol. I. p. 122 ed. Janus) Behauptung nicht glaubwürdig, Hipparch habe die Angabe des Eratosthenes noch um etwas weniger als 26000 Stadien erhöhen zu müssen geglaubt.

[3] Vgl. über ihn Ruge, der Chaldäer Seleukos, 1865.

[4] Strabo p. 116 Cas., p. 155 M. Strabo fügt hinzu, dazu bedürfe man einer grossen Kugel, deren Durchmesser nicht unter 10 Fuss betragen sollte.

[5] Strabo p. 30 sq. C., p. 39 M. — Auf dem Erdglobus vertrat „Krates gegen Seleukos die Ansicht von der Continuität der Oceane". Ruge a. a. O. S. 12.

Erde, deren Kugelgestalt er auch bewies [1]), besprochen und in den zur Erläuterung der Methode einer Gradmessung gegebenen Beispielen [2]) in der einen zu 240,000, in der andern zu 180,000 Stadien berechnet war, Werthen, denen also keine wirkliche Messung zu Grunde lag. Gleichwohl nahm man diese letztere Bestimmung vielfach als richtig an, dachte sich damit den Erdumfang viel zu klein, während man andererseits die ostwestliche Ausdehnung der bekannten Ländermasse bei weitem überschätzte, so dass man sogar „die im äussersten Osten wohnenden Inder gewissermaassen als Antipoden der Iberer" [3]) ansah. Da nun später auch Marinos von Tyrus die Angabe von 180,000 Stadien als richtig seinen Erdkarten zu Grunde legte und Ptolemaeos ihm beistimmte, so glaubte das ganze nächste Jahrtausend von jener Angabe nicht abweichen zu dürfen und dachte sich also die Erdkugel viel kleiner, als sie wirklich ist.

Die Beweise für die Gestalt, die Messung der Grösse der Erde fanden — ausser in der epikureischen Schule, die noch die Scheibenform festhielt — überall Beifall in der wissenschaftlichen Welt, soweit ihre Bildung aus griechischer Quelle floss, sie wurden dort überall angenommen und waren wissenschaftliches Gemeingut geworden, so dass wir der Lehre von der Kugelgestalt mit all ihren Consequenzen, namentlich auch in Betreff der Möglichkeit von Erdumseglungen, in historischen Werken, in Lehrgedichten wie in den zahlreichen geographischen Schriften dieser Zeit, so sehr auch ihre Ansichten über Gestalt und Ausdehnung einzelner Theile der Erdoberfläche von einander abweichen mochten, stets begegnen, zumal, um der für die Entwicklung der Geographie besonders wichtigen Männer zu gedenken, bei Geminos in seiner werthvollen Einleitung in die Astronomie [4]), bei Polybios (gest. 123 v. Chr.) in seiner grossen Universalgeschichte und in Strabo's „unübertroffenem Musterbuch der antiken Geographie" [5]).

---

[1]) Strabo p 94 C., p. 125 M.

[2]) Indem er den Bogen zwischen Rhodus und Alexandrien zu $\frac{1}{48}$ eines Meridiankreises annahm und die Entfernung beider Orte einmal zu 5000, später vermuthlich nach der berichtigten Angabe des Eratosthenes zu 3750 Stadien rechnete, ergaben sich ihm erst 240,000, später 180,000 Stadien, die für den Erdumfang also jedenfalls nur eine angenäherte Bestimmung sein sollten. Die erstere Berechnung theilt Kleomedes (Cycl. theor. I. 10 p. 50 Balf., p. 63 sq. Bake) ausführlich mit; das Resultat von 180,000 Stadien giebt Strabo (p. 95 C., p. 126 M.) kurz an, und wir sind über die Methode, wie dasselbe gefunden sei, auf die eben angegebene und jedenfalls richtige Vermuthung angewiesen, die schon Riccioli in seiner Geographia et hydrographia reformata 1661 ausgesprochen hat. Vgl. auch Posch a. a. O. S. 20 ff., Abendroth, a. a. O. S. 38 ff. — Dass Posidonios nicht selbst eine Messung anstellte, scheint uns ganz deutlich aus Strabo's Worten (p. 95 C., 126 M.) „τῶν ἀναμετρή͵σεων .... οἵαν ὁ Ποσειδώνιος ἐγκρίνει" zu folgen, da ἐγκρίνω nicht ich schätze, sondern ich billige („judicio meo probatum admitto" in Steph. Thes. III. col. 106) heisst. Wittich in s. „Metrolog. Beiträgen" (Philol. XXIV. S. 595, 596 u. 605) ist der Meinung, dass es die allgemeine Anerkennung, welche die Eratosthenische Messung zu 252,000 Stadien gefunden habe, verkennen heisse, „wenn man die nach Eratosthenes zum Vorschein gekommenen 240,000 und 180,000 Stadien Erdumfang für mehr als einen anderen, nur umschreibenden Ausdruck hielte". Alle jene drei Angaben sollen gleichwerthig und nur in verschiedenen Stadien ausgedrückt sein, „ein Satz, der bisher völlig unerkannt geblieben" sei. Indessen sagt Strabo, dem allerdings der genannte Verfasser der Metrol. Beiträge keine nähere Kenntniss der verschiedenen Stadien zutraut (Phil. XXIII. S. 269), a. a. O. ausdrücklich: „Nimmt man unter den neueren Vermessungen diejenige an, welche die Erde möglichst klein macht, wie jene, welche 18 Myriaden gebend, von Posidonios gebilligt wird" u. s. w. (nach der Uebers. v. Groskurd 1831 ff. I. S. 155 f.), so dass also die Angaben des Eratosthenes und Posidonios bei Strabo durchaus verschiedene Werthe sind. — Uebrigens hat schon Ferrer im J. 1495 die Gleichwerthigkeit beider Angaben (252,000 und 180,000 Stadien) in einer dem Columbus überreichten Denkschrift behauptet (s. Humboldt, Krit. Unters. etc. I S. 522 f.). — Der Raum verbietet uns, hier auf die Länge der verschiedenen Stadien näher einzugehen.

[3]) Strabo p. 8 C., p. 9 M.

[4]) Gem. Isag. c. 12; Geminos schrieb dies Werk um 140 v. Chr. (s. Brandes, a. a. O. S. 58).

[5]) Strabo p 109 sq. C., p. 145 sq. M. — Strabo's Geographie wurde n. Brandes (a. a. O. S. 54) im J. 18 n. Chr. verfasst.

III. Die Römer.

Bisher waren es immer noch griechische Schriftsteller, von denen die obige Darstellung spricht, immer griechische Wissenschaft, welche nach Osten hin bis zum Indus sich Einfluss und Geltung verschafft hatte, welche aber in dem nichtgriechischen Westen schwer Eingang fand. Noch immer nahm Rom an den wissenschaftlichen Bestrebungen wenig Theil, es sträubte sich gegen griechisches Wesen und Wissen, ohne indessen auf die Dauer sich des griechischen Einflusses erwehren zu können. Bald sandte Rom seine Jünglinge in griechische Schulen und entfaltete dann, von griechischem Geiste durchdrungen, sein goldenes Zeitalter in Literatur und Kunst. Aber gerade für Ausbildung der Geographie waren die Römer am wenigsten thätig. Wohl wurden durch die vielen Feldzüge, durch die genaue Vermessung des ganzen Reiches, welche Caesar [1]) begann, durch Entdeckungsreisen, die Augustus veranstaltete, die Länder- und Völkerkunde erweitert: aber eine systematische Entwicklung der Geographie überhaupt fand nicht statt.

Bei Cicero finden wir die Anerkennung der Kugelgestalt der Erde und ebenso bei Ovid, wenn sie auch Bedenken zu tragen scheinen, sie frei im Weltenraume schweben zu lassen [2]), und dass Caesar richtige Vorstellungen darüber gehabt habe, dürfen wir wohl nach seinen nicht unbedeutenden astronomischen Kenntnissen voraussetzen [3]). Pomponius Mela, der erste römische Geograph, beschreibt zwar in seinem 43 n. Chr. verfassten Werke mit grossem Fleisse alle damals bekannten Länder, gedenkt aber der Gestalt und Grösse der Erde, die er wahrscheinlich für kugelförmig hielt, mit keinem Worte [4]), während uns dagegen Plinius (23—79 n. Chr.) ausführliche Beweise für die Kugelgestalt der Erde vorträgt, durchaus richtig über Antipoden sich ausspricht [5]), irrige Meinungen darüber zurückweist und in der Grössen-

---

[1]) S. Aethici Cosmographia, init. (hgg. als Anhang z. Pomponius Me'a v. Gronovius p. 705 sqq.).

[2]) Cic. Tusc. Qu. I., 28 und dagegen Cic. De nat. deor. II. 39; Ovidii Fasti VI. v. 269 sqq.

[3]) Vgl. Plin. Nat. Hist. XVIII. 25 u. 26 (Vol. III. p. 129 ed. Janus).

[4]) Mela macht über die Gestalt so geringe Andeutungen, dass die Behauptung möglich war, er habe die Erde sich als Ebene gedacht, wie z. B. Petrus Ciacconius in s. Commentar zum Mela (Pomp. Mela ed. Abr. Gronovius 1722, p. 615) sagt: „Pomponius opinione philosophi Leucippi terram non globosam sed planam esse credebat", und Pierre Bertius (1565—1625) gab einen „Orbis ex mente Pomponii Melae delineatus" (wieder abgedruckt in der genannten Ausgabe des Mela), welcher derselben Ansicht entspricht. — Zwar kannte Mela, wie Parthey („Ueber die iberische Halbinsel bei Pomponius Mela", in d. Monatsber. der Berl. Acad. der Wiss. v. Oct. 1865 S. 529 u. 530) vermuthet, das geographische Werk des Strabo nicht, ebensowenig wie Plinius, (Parthey a. a. O. S. 529) aber, wie man aus III. 7 (p. 280 Gronov.) schliessen muss, wohl Schriften des, übrigens nur einmal von ihm genannten, Hipparch, lernte durch diese also die Erde als Kugel kennen und entnahm aus ihnen seine Ansichten über die südliche Halbkugel der Antichthonen (l. c. I. 1 p. 9 u. I. 9 p. 55 Gron., womit Cic. Tusc. Qu. I. 28 zu vergl.), von deren Ländermasse Taprobane möglicherweise ein Theil sein könne. Demnach sagt Tzschucke in s. Ausg. des Pomp. Mela: Vol. III. pars I. p. 29: .... „Porro agnoscit Antichthonas, quae rotundam terrae figuram indicare videntur". — Bemerkenswerth ist aber noch die Stelle (I. 9, p. 54 Gron.): „Sol hieme terris [Aethiopiae] propior". Würde darin wirklich, wie Vossius (in der genannten Ausg. des Mela p. 366) will, eine Ansicht Herodot's wiederholt (vgl. oben S. 11 Note 3) „Ex Herodoto haec accepit .... Sol hieme terris propior, quia minor esse videtur altitudo ejus supra horizontem", so hätte damit Mela auch die Erde als ebene Fläche anerkannt. Hipparch aber hatte, durch seine Beobachtungen zu der Entdeckung der ungleichen Geschwindigkeit der Sonne in ihrer Bahn geführt, zwar die Sonnenbahn als Kreis beibehalten, in demselben aber der Erde eine excentrische Stellung angewiesen, so dass allerdings, wie es auch der Wahrheit entspricht, die Sonne zur Zeit unseres Winters der Erde näher war. Dies konnte Mela aus Hipparch's Schriften wissen, und so würden also die Worte „Sol hieme terris propior" gerade beweisen, dass Mela mit der mathematischen Geographie sogar sehr vertraut gewesen sei.

[5]) Plin. Nat. Hist. II. 64 sq. (Vol. I p. 99 sq. ed. Janus).

angabe der Erde mit der Messung des Eratosthenes, die er auf 252,000 Stadien angiebt, übereinstimmt [1]). — Ausser diesen beiden geographischen Schriftstellern nennen wir noch den Philosophen Seneca, weil seine Behauptungen über die geringe Grösse der Erdkugel [2]) später zur Aufsuchung Indiens durch eine westliche Fahrt wesentlich beitrugen, ja in dessen Trauerspiel Medea einst die Spanier die deutlichsten Prophezeiungen auf die Entdeckung Amerika's durch einen Chorgesang der Seefahrer ausgesprochen glaubten [3]).

Augustus bildete die Erdkugel von Lorbeerzweigen umgeben auf Münzen ab, welche den durch ihn gewonnenen Frieden des ganzen Erdkreises feiern sollten [4]), und andere Kaiser wählten sie ebenfalls zum Emblem ihrer Münzen [5]): dennoch aber gelangt die Ansicht von der Kugelgestalt nicht zu allgemeiner Anerkennung und wird noch von den Epikureern, und also auch von Lucretius Carus (95—52 v. Chr.) in seinem Lehrgedichte [6]), zurückgewiesen. Der grosse Haufe glaubte vielmehr noch buchstäblich an die homerische Theologie [7]), man hörte von Vielen die Behauptung, dass im Westen die Sonne zischend in den Ocean tauche, worin sie erlösche [8]), und mannigfach wurde noch die richtige Ansicht bekämpft [9]). Selbst Tacitus vermochte sich von der Voraussetzung der Erdscheibe nicht frei zu machen [10]) und sah noch die Länder des Westens und Ostens für der Sonne näher an.

---

[1] Plin. l. c. II. 108 (Vol. I. p. 121 Janus). — Mit Unrecht wird gewöhnlich dem Plinius der Vorwurf gemacht, er habe aus allerhand „wunderlichen" Gründen noch 12000 Stadien zu jener Zahl von 252,000 hinzufügen wollen, um 264,000 Stadien als Erdumfang zu haben. Solche Vorwürfe erheben z. B. Wittich, Metrol. Beitr. (Phil. XXIV. S. 595), Martin (a. a. O. S. 57) und viele Andere. Doch ist die betreffende Stelle des Plinius (II. 109; Vol. I. p. 122 J.) ohne Zweifel ganz anders zu verstehen. Plinius sagt nach unserer Meinung dort etwa Folgendes: „Die Gradmessung des Eratosthenes ist so geschickt und sorgfältig ausgeführt, dass man seinem Resultate durchaus Glauben beimessen muss. Anders aber steht es mit der Behauptung des Dionysodorus. Derselbe giebt nämlich den Erdhalbmesser zu 42000 Stadien an, indem er glaubt, dass daraus die bekannte Grösse des Erdumfanges von 252,000 durch Rechnung folge, wobei er das Verhältniss des Durchmessers zum Kreisumfange wie 1:3 angenommen hat. Das ist aber falsch, indem jenes Verhältniss nicht 1:3, sondern, wie uns Archimedes gelehrt hat, 7:22 ist. Dieses richtige Verhältniss („Harmonica ratio, quae cogit rerum naturam sibi ipsam congruere") liefert aus einem Halbmesser von 42000 einen Umfang von 264,000 Stadien, fügt also den 252,000 Stadien noch 12000 Stadien hinzu („addit huic mensurae stadiorum XII milia"). Da dies aber der unbedingt richtigen Messung des Eratosthenes widerspricht, so ist die Erzählung und Behauptung des Dionysodorus also eine nichtige Lüge („alia fides, exemplum vanitatis graecae maximum")". Auf diese Weise stimmt also Plinius, dessen Worte aber selbst Oettinger (a. a. O. S. 113) nicht richtig deutet, mit Eratosthenes in der Grössenangabe der Erde vollkommen überein.

[2] L. Ann. Senec., Nat. Quaest. I. Prolog., 13 u. III. 28, 5 (Opp. rec. Haase, Vol. II. p. 159 u. 235) — Vgl. Humboldt, Krit. Unt. I. S. 148 ff.

[3] Senec. Medea (ex rec. Peiper et Richter 1867), v. 378—382:

> „Venient annis saecula seris,
> Quibus Oceanus vincula rerum
> Laxet, et ingens pateat tellus,
> Tethisque novos detegat orbes,
> Nec sit terris ultima Thule."

[4] S. die Abbildung derselben in d. Ausg. des Mela v. Gronov. p. 5 mit der Umschrift: „Pax orbis terrarum S. P. Q. R."

[5] Reinganum, a. a. O. S. 19.

[6] Lucret. Carus, De rer. nat. I. v. 1053 sqq. ed. Lachmann. — Vgl. Oettinger, a. a. O. S. 57 f.

[7] Vgl. Grote, a. a. O. I. S. 341, Note.

[8] Strabo p. 138 Cas. (p. 186 Meineke).

[9] Plin. Nat. Hist. II. 65 (Vol. I. p. 100 J.). Vgl. Oettinger, a. a. O. S. 56.

[10] Tacit. German. 45; vgl. dazu Peschel, a. a. O. S. 32. Jedoch lässt sich die Scheibengestalt der Erde nicht aus Tacit Agricola 12, wie Strehlke (a. a. O. S. 7 f.) will, folgern.

Marinos von Tyrus und Klaudios Ptolemaeos, beide im 2. Jahrh. n. Chr. lebend, deren bedeutende Leistungen wir schwer von einander zu trennen vermögen, fügten endlich — um andere Geographen nicht zu erwähnen — die Schlusssteine in das Weltgebäude, welches das Alterthum aufgeführt hatte, und wiesen wie in der Astronomie so auch in der Geographie die Bahnen an, auf welchen diese Wissenschaften für lange Zeit fortwandelten. Ohne auf ihre vielen Verdienste um die Erdkunde sowohl in sorgfältiger Sammlung und Sichtung des bis dahin Bekannten, als auch in Hinzufügung neuer Bereicherungen hier einzugehen, erwähnen wir nur, dass sie ohne weitere Begründung in der Annahme der Erdgrösse [1]) mit der Zahl von 180,000 Stadien [2]) des Posidonios übereinstimmten, also den Grad des grössten Kreises zu 500 Stadien rechneten [3]) und demgemäss in ihren Karten ein Erdbild gaben, welches für viele Jahrhunderte gültig blieb, ja dessen Fehler bis über das Mittelalter hinaus, zum Theil sogar bis zur Mitte des 18. Jahrhunderts festgehalten wurden.

Mit den eben genannten, wieder ganz auf dem Boden griechischer Wissenschaft stehenden Gelehrten und den für die Folgezeit als Lehrbücher hochwichtigen Werken des Ptolemaeos schliesst die Entwicklung der Geographie des Alterthums ab, und die späteren griechischen und römischen Schriftsteller auf diesem Gebiete sind für unsern Zweck von geringerer Bedeutung, zumal da sie über Gestalt und Grösse der Erde nur die Lehre des Ptolemaeos wiederholen.

Im Mittelalter erhielt sich nur bei wenigen Männern, die mit dem Alterthume vertraut blieben, die richtige Vorstellung von der Erdkugel. Religiöse Zweifel tauchten gegen diese Lehre auf, und die Erdgestalt kehrte zu der „barbarischen Einfachheit" der Welttafel des Kosmas zurück und behielt fast für ein Jahrtausend die Form der viereckigen Ebene oder der Kreisscheibe. Als aber die griechische Wissenschaft, die sich aus den Völkerstürmen zu den Arabern geflüchtet hatte, wieder im übrigen Europa Eingang fand und ein neues geistiges Leben erweckte, waren rasch die Trugbilder des Mittelalters verschwunden, und eine neue Zeit fand neue Wege, um zu einer genaueren Kenntniss von der Gestalt und Grösse der Erde zu gelangen.

---

[1]) Die Beweise für die Kugelgestalt der Erde giebt Ptolemaeos im Anfange seines $M\alpha\vartheta\eta\mu\alpha\tau\iota\varkappa\dot{\eta}$ $\sigma\dot{\upsilon}\nu\tau\alpha\xi\iota\varsigma$ oder auch $M\varepsilon\gamma\dot{\alpha}\lambda\eta$ $\sigma\dot{\upsilon}\nu\tau\alpha\xi\iota\varsigma$ (Almagest) genannten Werkes.

[2]) Claud. Ptolemaei Geographia ($\Gamma\varepsilon\omega\gamma\rho\alpha\varphi\iota\varkappa\dot{\eta}$ $\dot{\upsilon}\varphi\dot{\eta}\gamma\eta\sigma\iota\varsigma$) VII. 5, 12; (Tom II. p. 179 Tauchn.) — Marcianus Heracl. I., 4 (Geogr. gr. min. ed. Müller I. p. 519): „$\Pi\tau o\lambda\varepsilon\mu\alpha\widetilde{\iota}o\varsigma$ $\dot{o}$ $\vartheta\varepsilon\iota\dot{o}\tau\alpha\tau o\varsigma$ .... $\sigma\tau\alpha\delta\dot{\iota}\omega\nu$ $M.$ η' $\tau\dot{\eta}\nu$ $\gamma\widetilde{\eta}\nu$ $\dot{\alpha}\pi\dot{\varepsilon}\delta\varepsilon\iota\xi\varepsilon\nu$ $\varepsilon\widetilde{\iota}\nu\alpha\iota$". — Froriep, in sr. Abhandlung über die „Messung der Erde durch die Chaldäer" (in d. Fortschr. der Geogr. u. Naturgesch. II. 1847 S. 171) meint, dass, da die Angabe der Chaldäer „die Uebereinstimmung der griechischen und chaldäischen Messung" zeige, „Ptolemaeus mit der Astronomie der Chaldäer auch das Mass derselben erhalten habe", eine Ansicht, die nur mit der angegebenen schwachen Begründung auftritt und keine Wahrscheinlichkeit für sich hat (vgl. oben S. 20 Note 4), da im Gegentheil die Chaldäer dieser Zeit ihrer Bildung nach Griechen waren und ihre astronomischen Kenntnisse den Griechen, vorzugsweise den Werken des Ptolemaeos, entlehnten.

[3]) Ptol. Geogr. I. 7, 1 (Tom. I. p. 14 Tauchn.) u. öfter.

Druck von C. Wilhelm in Insterburg.